Venecos

VOCES / LITERATURA

COLECCIÓN VOCES / LITERATURA 371

Nuestro fondo editorial en www.paginasdeespuma.com

Rodrigo Blanco Calderón, *Venecos*
Primera edición: febrero de 2025

ISBN: 978-84-8393-363-3
Depósito legal: M-1147-2025
IBIC: FYB

© Rodrigo Blanco Calderón, 2025
© De esta portada, maqueta y edición: Editorial Páginas de Espuma, S. L., 2025

Editorial Páginas de Espuma
Madera 3, 1.º izquierda
28004 Madrid

Teléfono: 91 522 72 51
Correo electrónico: info@paginasdeespuma.com

Impresión: Cofás

Impreso en España - Printed in Spain

Rodrigo Blanco Calderón

Venecos

PÁGINAS DE ESPUMA

ÍNDICE

#RAEconsultas El gentilicio estándar es «venezolano, -na». El «Diccionario de americanismos» recoge la forma «veneco, -ca», como despectiva y popular, y localiza su uso en Perú y Ecuador, aunque también se documenta en otras zonas y no siempre es despectivo.

11:25 · 28/11/22 desde Earth

Para Gustavo,
mi primo y hermano

–MEJOR PELÍCULA –dijo Mariano.

Sostenía el bolígrafo, sobre el papel, esperando mi respuesta. Debía pensármelo bien porque esa categoría era la que sumaba más puntos y, en las últimas tres ediciones de los premios Óscar, él había acertado. En cada ocasión había sido como encajar un gol en el minuto noventa.

–*Moonlight* –dije.

–¿En serio? ¿De verdad crees que esa porquería va a ganar? Yo me la juego por *La La Land*.

–Esa es otra porquería.

–Sí, pero se trata de elegir la porquería más probable.

«La porquería más probable». Esa era una buena definición de lo que habían sido nuestras vidas. Escoger la porquería más probable. A veces, la más deseable. O la que estuviera al alcance, esa que te iba a volver mierda más rápido.

–¿Qué nos jugamos? –preguntó.

La premisa implicaba siempre un ataque directo al corazón. Ofrecer como presa algo muy codiciado por el otro. No pedirlo. Esa variante encerraba la clave de nuestra amistad. Así había sido en Caracas, desde la época en que estudiábamos juntos en el colegio y luego cine en FilmVen; en Miami, cuando volvimos a coincidir, yo dedicado a la música y él a seguir quemando la mensualidad que le enviaba su padre; y ahora en Los Ángeles, a donde Sabrina y yo nos habíamos mudado hacía un par de años.

En Miami le hice la música a un documental de un amigo, Armando Thilemann, el único compañero de FilmVen que de verdad tenía talento. El único, también, que no se volvió un adicto en ese mediocre instituto. Fue él quien me sugirió que con la música sí tenía un filón por el cual meterme, si quería «insistir» en el cine.

–Pero tendrías que mudarte a Los Ángeles –dijo.

Nadie había entendido esa insistencia mía. Empezando por mi padre, que siguió con orgullo mi formación en el conservatorio. Que después apoyó con reticencia mis incursiones en la música pop, en conciertos en bares de mala muerte donde solo empleaba el diez por ciento de mi capacidad. Mi pobre padre que se murió sin entender qué mosca me había picado cuando le anuncié que quería convertirme en director y no de una filarmónica.

Yo tampoco entendí nunca esa insistencia, pero ya era tarde. Ahora estaba en Los Ángeles y no había vuelta atrás. Sabrina trabajaba, todavía lo hace, en el *Call Center* de una empresa y le dieron el traslado sin ningún problema. Aceptó el plan no porque tuviera esperanzas de que yo lograra entrar en Hollywood por la puerta de servicio de las bandas sonoras. A ella le bastaba con que yo aportara dinero a la casa y que le diera un hijo. Esto último, lo confirmamos a los pocos meses de instalarnos, no se puede. Yo no puedo. De modo que sus aspiraciones se redujeron a que yo cumpliera con mi parte del sustento. Y a alejarnos en lo posible de Mariano. Sabrina no quería vivir en la misma ciudad que él.

En el fondo, ella tenía razón. La distancia entre ayudar a Mariano y recaer era mínima. En parte nos habíamos ido de Caracas para mantenernos limpios y empezar de cero. Y hacia allá nos había seguido Mariano, como si haber cumplido con la rehabilitación y desengancharnos hubiera sido una traición. Una segunda traición.

–¿No dices nada? Eres un cobarde. Ok. Empiezo yo –dijo Mariano. Tamborileó la mesa con el bolígrafo en la mano y anunció:

–La franela.

Yo me le quedé viendo.

–¿Estás hablando en serio?

En ese momento Sabrina salió del baño. Tenía puesta una enorme toalla que le cubría el cuerpo y otra más pequeña arremolinada alrededor de su cabeza. Los dos volteamos y fue entonces que se me ocurrió decir:

–Una noche con Sabrina.

Apenas lo dije, me arrepentí.

–Hijo de puta –dijo Sabrina. Y se perdió por el pasillo en dirección al cuarto. Después escuchamos el portazo.

–Mierda. Ya vengo –dije.

Cuando entré al cuarto, Sabrina estaba desnuda, aunque aún tenía la toalla en la cabeza. Sentí un ligero mareo. Siempre me daba vértigo ver desnuda a Sabrina. Supongo que después de todo sí la amaba. Sí la amo. Ella estaba hablando por teléfono. Al verme no se inmutó. Solo dijo «hablamos luego» y trancó la llamada.

—¿Qué quieres? —dijo.

—¿Con quién hablabas?

—Qué bolas tienes tú. Me andas ofreciendo al asqueroso de Mariano y ahora quieres saber con quién hablo. Pues hablo con quien me dé la gana.

—Tienes razón. Disculpa.

—Salte. No me interesan ni los Óscar ni su jueguito de mierda. Si quieres amanezcan ustedes ahí, pero a mí déjenme tranquila.

Volví a la sala y Mariano estaba armando un porro.

—¿Puedo?

Fui a la nevera y saqué unas cervezas. Comenzó la transmisión de los premios y nos pusimos a verla.

—Ya se le pasará —dijo Mariano al rato.

—Sí —dije.

Aunque no era solo eso lo que me preocupaba. Si Mariano me había ofrecido la franela eso quería decir que se había quedado sin nada. «La franela» era una sola: la que había lanzado Cayayo Troconis al público, a la olla, en su último concierto, un par de noches antes de que lo encontraran muerto. Cayayo era nuestro héroe. El tipo más guapo, *cool* y talentoso de la Caracas de los noventa. La franela había caído sobre nosotros y ambos habíamos forcejeado por quedárnosla. Al final, para que no se rompiera o se armara una trifulca, yo cedí y la solté. Mariano se quedó con la franela. Unas semanas después, Sabrina terminó con él y empezó a salir conmigo.

Me costaba seguir la transmisión. ¿Había tomado Mariano en serio mi broma y asumía que si ganaba él podía acostarse esa noche con Sabrina? También cabía la posibilidad, que no había sucedido en los últimos tres años, de que ninguno de los dos acertara el filme ganador a la mejor película, con lo cual el puntaje se decidiría en el resto de las categorías, donde yo era imbatible. Quizás lo único que podíamos ofrecernos el uno al otro era esa franela vieja y enmohecida, como los sueños de juventud que los años se encargaron de desbaratar sin esfuerzo.

Los premios se desarrollaron según esa pauta que en los últimos tiempos se había ido asentando. Como si fuésemos nosotros, con nuestras predicciones y apuestas, quienes decidiéramos la suerte de la velada. Yo continuaba acertando en esas categorías menores que nadie recuerda y a nadie importan, como «Mejor maquillaje», «Mejor diseño de sonido» o «Mejor documental corto». Mientras que Mariano ganaba pocas pero decisivas batallas: «Mejor actor de reparto» o «Mejor película de habla no inglesa».

Se estaba formando una tormenta perfecta y creo que ambos lo percibíamos. Mariano no había tocado las cervezas, pero no había parado de fumar un porro tras otro. Yo no había fumado, por supuesto, pero sí me había bebido un *six-pack* de Budweiser y estaba por ponerme a desgranar el segundo. Teníamos las ventanas abiertas, para que el humo no molestara a Sabrina.

«Hablamos luego», había dicho Sabrina, pero ¿a quién? Desde que me confirmaron que no podía tener hijos, el rencor se había declarado entre nosotros. Sabía que tarde o temprano Sabrina comenzaría a verse con otro hombre. Y yo sabía que no sería capaz de recuperarla o de encontrar otra mujer hasta no haber conseguido algo. Lo que sea que me transformara en una cosa distinta a este cuerpo saludable y esta alma en vela, cuyo mayor éxito era que los días se sucedieran sin sobresaltos.

Ya estábamos en la recta final. Los dos premios más importantes. Por esa extraña ley que regía nuestras relaciones, él había apostado por Barry Jenkins para mejor director, por *Moonlight*. Mientras que yo lo había hecho por Damien Chazelle, por *La La Land*. Apuesta que, como dije al principio, habíamos invertido por completo en el premio a mejor película.

Mariano estaba sudando. Viéndolo, comprendí que aquel juego se había ido convirtiendo en su única alegría y su ritual de venganza. Y que donde sea que Sabrina y yo nos mudáramos, él encontraría la manera de seguirnos y de recordarnos que, aunque hubiésemos dejado las drogas y nos hubiésemos casado y yo ahora estuviera por cumplir el sueño de trabajar en Hollywood, él y nosotros, él y yo, no éramos muy distintos. A veces la pelota cae de un lado y otras veces del otro, como en *Match Point*. Así de simple.

A esa altura, ya me había bebido la mitad del segundo *six-pack* y estaba bastante borracho. En ese instante, apareció Halle Berry y anunció el premio al mejor director:

—¡Damien Chazelle!

Pegué un brinco de emoción. Si le habían dado el Óscar a Chazelle, quería decir que el premio a la mejor película se lo darían a *Moonlight*. No sería la primera vez que la Academia intentaría complacer a todo el mundo. Además, el año anterior había sido el boicot protagonizado por Will Smith, Spike Lee y otros protestando por la discriminación de los actores y directores negros en Hollywood. La película de Jenkins tenía todos los elementos que el puritanismo *woke* exigía: era imposible que a esa historia sobre un joven-pobre-negro-gánster-homosexual no le dieran el premio. Y de esa manera, yo coronaría un doblete en las categorías que daban más puntos.

—Calma —dijo Mariano.

Y le subió el volumen al televisor.

Vimos aparecer a Faye Dunaway y a Warren Beatty. Se veían mayores, elegantes y sonrientes. Dijeron las palabras que aparecían en el *teleprompter* y Warren Beatty abrió el sobre. Se quedó viendo su contenido unos segundos, como sorprendido. La típica rutina para crear expectación y retardar unos segundos el anuncio. Sin embargo, la tensión se prolongó todavía más. Haciendo una extraña mueca, Beatty le mostró a Faye Dunaway la tarjeta que había dentro del sobre. Ella hizo un gesto con la mano, leyó la tarjeta y al fin dijo:

—*¡La La Land!*

Esta vez fue Mariano quien pegó el brinco:

—*¡Yes!* ¡No joda!

Al ver mi cara, fue que Mariano reparó en que yo no había hecho otra oferta. Nos quedamos unos segundos, sin saber qué hacer. Mariano se volvió a sentar y se puso a armar un porro. Yo contemplé su impecable maniobra. Lo vi encenderlo dándole unas chupadas. Cuando me lo ofreció, sabía que no podía rechazarlo. Aun cuando no hubiera probado la marihuana ni ninguna otra droga en más de cinco años. Aun cuando ya me encontraba muy borracho. Aun sabiendo que al día siguiente yo empezaría a recriminarme por haber fumado y por querer volver a fumar. Y de ahí a bajar por la escalera de la maría que conducía, en mi cerebro, a la coca, el jarabe, las pastillas y la heroína, solo había un paso.

Nos fumamos el porro en silencio y nos fuimos a dormir. Apenas me acosté en la cama, tuve que pararme rápido para llegar al baño de nuestra habitación y vomitar. Sabrina me encontró abrazado a la poceta, me levantó, me lavó y me echó de nuevo en la cama.

Me desperté al mediodía. Fui a la cocina y al ver a Sabrina supe que Mariano ya se había marchado. Esta vez, para siempre. Mi esposa estaba en pantaletas y llevaba puesta la franela.

Como ya han pasado tres meses, Sabrina acaba de anunciarle a sus padres y a nuestros amigos que estamos esperando un hijo. Yo sonrío y doy las gracias. La confirmación del embarazo ha reavivado el deseo. Hacemos el amor casi todas las noches. Después Sabrina me busca y me abraza muy fuerte, como pidiendo perdón, como perdonándome. Y yo la abrazo con amor sincero y nos quedamos dormidos.

Sin embargo, hoy me he levantado en mitad de la noche y no he parado de dar vueltas por el apartamento. Salgo al jardincito del edificio donde vivimos y compruebo que el director de esa película barata que es mi propia historia ha dispuesto con insoportable precisión una luna llena que inunda la calle con su luz, exacerbando mi insomnio. Saco el porrito que cargaba escondido y lo enciendo. Aspiro profundo y me da por pensar en la perplejidad de Warren Beatty. Fantaseo con una escena absurda. Justo cuando el elenco de *La La Land* sube al escenario y ya Damien Chazelle está dando el discurso de agradecimiento, se produce un revuelo detrás de él y la trama da un giro insólito, de esos que solo suceden en las películas: Warren Beatty y Faye Dunaway se han equivocado de sobre y la película ganadora es en realidad *Moonlight*. Y ya no estoy aquí, haciendo lo que juré que más nunca volvería a hacer. Ni estoy soñando, una vez más, con una vida distinta.

Virgen de la impureza

—Técnicamente, aún eres virgen —dijo la ginecóloga.

Lorena no lo podía creer. El milagro le había sido concedido.

La ginecóloga se quitó los guantes con fuerza. El latigazo del látex hizo que reaccionara.

—¿Eso qué quiere decir? —se atrevió a preguntar.

—Tienes lo que se llama «himen complaciente». Es decir, tu himen es más elástico de lo normal y no se rompió. En algunas ocasiones excepcionales se requiere de una pequeña cirugía. Otras veces termina cediendo a medida que la mujer sostiene más relaciones. A veces ni siquiera es necesario tener relaciones para que eso suceda. Es cuestión de que estés pendiente.

Lorena calló unos segundos y dijo:

—Pero, yo no he tenido ninguna relación.

La doctora puso cara de póquer.

–Como tú quieras. Eso no es problema mío. Dime qué quieres que le diga a tu madre y yo se lo digo.

–Gracias.

–No me des las gracias. Tienes dieciséis años, pero ya eres una mujer, ¿sabes?

Lorena se lo había confesado a su madre ese mismo día, muy temprano en la mañana. La señora Martina no pudo ver allí sino la prueba de que todos aquellos años de enseñanzas cristianas y buenos consejos, cuyo objetivo fundamental era que su hija más díscola llegara virgen al matrimonio, habían sido en vano.

Lorena le rogó que no le contara nada a su padre. Martina le dijo que no lo haría. A la hora del almuerzo, sin embargo, su padre entró a la habitación hecho una fiera y le preguntó si era cierto.

Ella entró en llanto y respondió lo único que se le ocurrió en el momento:

–No lo sé.

–¿Cómo que no lo sabes?

–Hice algo, pero no sé lo que hice. ¿Me entiendes? Yo no sé muy bien cómo se hace *eso*.

Semejante declaración de estupidez, o de inocencia, sirvió de tregua.

–Llévala donde Camelia de inmediato –le ordenó su padre a Martina.

La doctora Camelia Pulgar, ginecóloga y amiga de la familia, era la persona indicada. Lorena la detestaba. Era una mujer que, en lugar de médico, parecía monja. De hecho, le recordaba a las monjas de su colegio: los seres más viles, zalameros, mojigatos e hipócritas que había conocido en su vida.

Se fueron directo a la clínica sin siquiera llamar antes para pedir una cita. Camelia estaba de vacaciones. Una doctora joven, que se veía apenas un poco mayor que Lorena, le hacía la suplencia. Fue tanta la insistencia de su madre que la doctora accedió a incluirla en la agenda del día.

–Eso sí, tienen seis pacientes por delante –le advirtió.

–No es ningún problema –dijo la señora Martina–. Vamos un rato al cafetín y volvemos.

Fueron y volvieron varias veces. Tardaron más de tres horas en atenderla y en ese tiempo su madre no hizo sino repetirle lo decepcionada que se sentía. Lorena no paró de llorar hasta que de pronto le dijo:

–Llévame a una iglesia.

–¿A una iglesia?

–Quiero rezarle a la virgen.

–No seas ridícula, Lorena.

–Llévame –insistió.

Su madre terminó por preguntarle a un vigilante y este le confirmó que en la clínica había una capilla.

Lorena le pidió que la dejara entrar sola.

–No te tardes –dijo su madre.

La capilla estaba vacía. Se acercó hasta el altar con pasos temblorosos. Dos cirios rojos alumbraban la estatua de la virgen. Se arrodilló, alzó el rostro, pero la culpa hizo que bajara la cabeza. Una gota de cera, color sangre, cayó frente a sus rodillas. La cera se endureció de inmediato, como una herida curada por una mano milagrosa. Entonces pidió la intercesión divina, ya que ese era el tipo de favores que debía conceder una virgen, pensó Lorena: revertir la impureza.

Al regresar a casa y oír el parte médico, su padre recobró el color. Su madre también. Con el paso de los días, la normalidad volvió al hogar. Antes de que terminara la semana, Lorena rompió con su novio y en la capilla del colegio le hizo la promesa a la virgen de que esta vez no la defraudaría.

Los meses siguientes fueron para la señora Martina como el sol tras una tormenta de verano. El cambio operado en Lorena fue profundo. Ella era la mayor de sus tres hijas y la más problemática, la causa de sus desvelos. Pero Lorena no solo se había mantenido casta, sino que, ahora, parecía plegarse con sinceridad a las normas de la casa. Las monjas del colegio también lo confirmaban. No tenían ninguna queja. Al contrario. El comportamiento de Lorena había mejorado, al igual que sus notas.

La paz se mantuvo a lo largo de aquel año, hasta una mañana de domingo en que la señora Martina comprendió algo: extrañaba a su hija. A la Lorena que la desobedecía y la retaba, a esa que se escapaba a la medianoche para irse a fumar cigarrillos con los parqueros de la discoteca que quedaba a dos cuadras de la casa. Su esposo estaba de viaje y las gemelas estaban pasando el fin de semana en la finca de una de sus hermanas. En lugar de ir al mercado de las flores y a la misa de las doce, como solían hacer los domingos, la señora Martina despertó a Lorena y le propuso un plan distinto.

—Vamos a la playa.

Lorena, aún adormecida, no entendía.

—¿No te provoca? Tenemos mucho tiempo que no vamos al club.

La familia tenía una acción en el club Piedra Azul, en el Litoral central, a una hora de Caracas, que casi nunca usaban.

–Sí, pero no puedo –dijo Lorena.

–¿Por qué?

–Está por venirme el periodo.

–Qué broma. Bueno, pero vamos un ratico, nos mojamos los pies en el agua y tomamos un poco de sol. ¿Quieres?

Llegaron unos minutos antes de las once y lograron conseguir la última mesa con sombrilla frente al mar. Cuando se acercó el mesonero, su madre la sorprendió pidiendo dos tragos de piña colada.

–¿Vírgenes? –preguntó el mesonero.

–¿Perdón? –respondió la señora Martina.

–Que si quiere las piñas coladas vírgenes. Sin alcohol, pues. Al menos, la de la niña.

La señora Martina soltó una carcajada.

–Con alcohol, por favor. Somos dos mujeres grandes. Además, el sol está divino, ¿no le parece?

El mesonero, un muchacho moreno y de cuerpo atlético, se marchó en dirección a un bar adornado de palmeras donde se preparan las bebidas. Lorena observó cómo su madre lo siguió con la mirada. Nunca la había visto tan distendida.

El mesonero trajo las piñas coladas y las bebieron en silencio.

–¡Lore!

Una muchacha había aterrizado en la arena, frente a su silla, alzando los brazos sin poder contener la alegría.

–¿Maggie? –dijo, cuando la reconoció, aún sin creerlo. Y pegó un brinco y se abrazaron.

–Señora Martina, ¿cómo está? –dijo la jovencita, también abrazándola.

–Bien, mi amor. ¿Y ustedes? ¿Cuándo llegaron? ¿Cómo está tu mamá?

–Llegamos hace una semana. Todos bien. Me quedo en Caracas hasta la semana que viene.

Se volvió hacia Lorena y le dijo:

–Qué bella estás, Loris.

–Tú también –dijo Lorena, y se dieron otro abrazo.

–Vayan a dar una vuelta. Yo me quedo aquí –dijo la señora Martina.

Cuando se marcharon, le hizo una seña al mesonero para que le trajera otra piña colada.

Regresaron hora y media después.

–¿Y eso? –preguntó la señora Martina, señalando el bikini que su hija traía puesto.

–Lo compramos en el puestico que está en la carretera –dijo Lorena–. ¿No es demasiado lindo? Vino con este pareo y todo.

–Fue idea mía, señora Martina. Le dije a Lorena que tenía un cuerpo muy bonito para seguir usando esos trajes de baño enteros.

–La verdad es que sí, te queda bonito.

Lorena notó que su madre la veía con detenimiento, como por primera vez.

–Dile –dijo Margarita.

–¿Qué cosa? –preguntó la señora Martina.

–Maggie me pregunta que por qué no me quedo esta noche en su apartamento. Ellos me llevarían mañana al mediodía a la casa.

La señora Martina se quedó callada unos segundos.

–¿Vinieron tus papás? –le preguntó.

–Claro.

–¿Dónde están? Quiero saludarlos.

–Mi papá está jugando tenis. Y mi mamá está arriba en el apartamento. Le duele la cabeza.

–La verdad es que a mí también. La piña colada esa engaña –dijo pasándose una mano por la frente húmeda.

Había tres vasos de plástico vacíos sobre la mesa.

–¿Qué tienes en la frente? –preguntó Lorena.

–¿En la frente? –dijo la señora Martina.

–Te manchaste.

–¿Me manché? –volvió a repetir, nerviosa.

Sacó la toalla del bolso y se limpió, con gesto apurado.

En la palma de la mano que se había pasado por la frente, Lorena vio unos restos de tinta que el sudor había emborronado.

–También te ensuciaste la mano –dijo Lorena.

–Ay, soy un desastre –dijo, mientras se limpiaba las manos con la toalla–. Bueno, está bien. Puedes quedarte.

Lorena y Margarita chillaron de alegría.

–No inventen mucho.

–No se preocupe, señora Martina –dijo Margarita.

–Yo me marcho ya. Lore, llámame en la noche para saber que está todo bien, ¿ok? Y por favor, cuídense –les dijo, mientras le entregaba a Lorena el bolso con la toalla y su ropa.

Margarita y Lorena habían sido las mejores amigas en el colegio San Ignacio. En sexto grado a Lorena la cambiaron al Cristo Rey, que era solo para niñas, y la familia de Margarita se había mudado a Miami. Entre los doce y los catorce años se habían visto tres o cuatro veces, pero en cada ocasión se las habían arreglado para recuperar en pocas horas el tiempo que no habían estado juntas. Con ella había compartido los primeros cigarrillos, los primeros orgasmos y las primeras escapadas. Luego, sin que ninguna supiera por qué, habían perdido el contacto.

—Subamos un momento para dejar mis cosas. Y saludo a tu mamá —dijo Lorena.

Margarita se le quedó viendo.

—Estás irreconocible. Pareces una monja —le dijo.

Lorena pensó en la doctora Camelia Pulgar y no pudo evitar una mueca de asco.

—Mis papás no están. Tenemos el apartamento para nosotras solas. Bueno, para nosotras solas no. Yo tengo una cita.

Los padres de Margarita se acababan de separar.

—No se han divorciado. No sé si lo hagan alguna vez, pero no están viviendo juntos, pues.

Había venido a Venezuela con su madre nada más.

—Ahora se la pasa bebiendo y saliendo. Aunque este fin quería la casa para ella sola. Me dio el carro y me vine para la playa.

Subieron al apartamento. Era pequeño. Había un baño al lado de la puerta de entrada. Tenía dos habitaciones y un espacio donde estaba la cocina y la sala. Allí había un sofá cama, una hamaca colgada, tres mesas bajas y un par de sillones. Un enorme ventanal brindaba la panorámica de la playa, con su horizonte encendido.

—Voy rápido al baño y después a meternos al mar —dijo Margarita.

—Yo te acompaño, pero no puedo bañarme —dijo Lorena.

—¿Por qué?

—Está por venirme la regla.

—Te pones un tampón y ya.

—No tengo. Y nunca me he puesto uno.

–Aquí tengo. Ahora te enseño –dijo Margarita y se encerró en el baño.

Lorena se puso a temblar como aquella vez de la bañera. Recordó el frío en las nalgas y en la espalda, acostada en el piso de la bañera, las piernas en alto apoyadas en la pared. Margarita le había pedido que separara un poco las piernas y había abierto los dos grifos, el del agua fría y el del agua caliente, manipulando cada llave hasta que el chorro tuviera el grosor y la temperatura perfectos, al caer sobre su clítoris. Lorena había llegado al orgasmo más intenso que había tenido, en segundos.

Al salir del baño, Margarita tenía un tampón en la mano.

–Es muy fácil –dijo–. Te sientas en la poceta y te lo metes con esta parte delgada hacia fuera. Lo vas hundiendo hasta que entre y ya. Te va a quedar el hilito allí. Es un poco incómodo al principio, pero después ni cuenta te das.

Lorena tomó el tampón, como si fuera el testigo de una carrera de relevo que ya no valía la pena correr, y entró al baño.

–¿Cómo vas? –le preguntó Margarita, cuando habían pasado cinco minutos.

–Ya voy –dijo Lorena.

Pasaron cinco minutos más. Margarita insistió:

–Apúrate, que nos estamos perdiendo el sol. Además, Luis Gerardo va a pensar que lo embarqué.

–Ve tú. Yo me quedo aquí.

–¿Cómo que te quedas?

Lorena no respondió.

–¿Puedo pasar?

–No –dijo Lorena, pero Margarita ya había abierto la puerta.

Lorena estaba de pie, frente al espejo del lavamanos, llorando.

–¿Qué pasa, Lore?

–No puedo ponérmelo.

–¿Y vas a llorar por esa pendejada? ¿Ya te vino?

–Todavía no. Pero me debe estar por venir en cualquier momento.

–Dame acá. Yo te lo pongo.

–¿Estás loca?

–¿Cuál es el problema? Siéntate y yo te lo pongo.

–¿No te da asco?

–No seas tonta.

Lorena se quitó la parte de abajo del bikini y se sentó.

–Abre un poco las piernas –dijo Margarita arrodillándose frente a ella.

Lorena obedeció y le preguntó:

–¿Quién es ese Luis Gerardo?

Margarita detuvo la maniobra y sonrió. El tampón había quedado en su mano, en alto, como un escalpelo.

–¿Recuerdas a Ramirito, que estudió con nosotras en el San Ignacio?

–Claro.

–Bueno, Luis Gerardo es su hermano mayor. Es surfista. Está buenísimo. Se enteró de que estaba en Caracas y me escribió. Vas a tener que dormir en el sofá cama de la sala, porque mi mamá tiene cerrada con llave el cuarto suyo. Pondré el aire acondicionado de mi cuarto a toda mecha para que no hagamos tanto ruido.

–No entiendo para qué me pediste que me quedara –dijo Lorena, molesta, cuando sintió en su centro el pinchazo del tubo de algodón.

–Listo –dijo Margarita y se puso de pie, contenta.

–Justo a tiempo –agregó.

Una gota de sangre coronaba su dedo índice derecho.

–Ay, perdona –dijo Lorena.

Margarita había juntado el pulgar al índice manchado y hacía un movimiento mínimo, como comprobando la calidad de un tejido. Luego abrió el grifo del lavamanos, se limpió y salió del baño.

–Ahora sí, vámonos.

Caminaron por la orilla de la playa hasta el malecón. Allí remontaron el rompeolas que separaba la ensenada del club de Playa Penquita, la playa vecina, donde rompían mejor las olas y los surfistas pasaban el día. Echaron la toalla bajo la sombra de una palmera y se sentaron.

–Creo que es aquel que está allá, el de verde –dijo Margarita señalando un grupo de muchachos fondeados sobre sus tablas–. Tengo años sin verlo.

–¿En qué quedaron?

–Dijimos que nos veíamos hoy por aquí, por los lados de Penquita.

–Entonces no es seguro.

–¿Qué cosa?

–Que pase algo.

–No te preocupes. Deja que nos encontremos. Yo me encargo de lo demás –dijo.

Hizo un movimiento con sus manos, como de acto de magia.

Lorena vio las manos de Margarita. Pensó en los dedos probando la textura de aquella gota de sangre que su amiga confundió con la menstruación. Pensó en la mano y en la frente de su madre, manchadas de tinta. La tinta del número telefónico que el mesonero le escribió en la palma de su mano. Y ese pensamiento hizo que se terminaran de rasgar todos los velos. Su madre, en el fondo, era como ella. O hubiera querido ser como ella. Le invadió una ola de amor hacia su madre. Con la tinta borrada de aquel número de teléfono, que jamás se hubiera atrevido a usar, le habría dibujado a su madre una cruz de ceniza en la frente.

Lorena miró hacia el mar, como buscando aire. Se fijó en el muchacho de la malla verde y de pronto supo que no era el tal Luis Gerardo que su amiga esperaba. Pasaron las horas mientras Margarita trataba de disimular la frustración creciente, hablando sin parar de lo bien que le iba en Estados Unidos. Lorena entendió que Margarita sufría mucho. Por la separación de sus padres, pero también por su propia vida. En el fondo, ahora lo comprendía, Margarita siempre había sido una muchachita tan tímida, recatada e insegura como ella misma.

Al fin, el muchacho de la malla verde y sus amigos salieron del agua. El grupo pasó al lado de ellas, cargando sus tablas, sin prestarles atención.

–No era él –dijo Margarita.

Ya sin poder contener las lágrimas, le contó la verdad. Lorena la escuchó como si todas esas palabras no las hubiera escuchado ya en ese segundo anterior en que había observado el mar y algo dentro de ella se había roto. Esa última membrana que al rasgarse le permitía contemplar las cosas como por primera vez.

Lorena sabía lo que estaba por decirle su amiga. Lo que no sabía era cuál iba a ser su respuesta.

–Lo bueno es que ya no tienes que dormir en la sala –dijo Margarita, tratando de reír.

–Sí, menos mal –respondió ella, también riendo.

–¿De verdad, no te molestaría dormir conmigo?

Lorena estaba inclinada trazando surcos con su dedo índice en la arena. La miraba desde allí abajo, casi con devoción.

–No me molestaría, Maggie. De hecho, me gustaría mucho.

Homenaje a John Cazale

Cuando capturaron a Humberto en Aruba, ya yo estaba en Buenos Aires. Comprendí que no nos íbamos a encontrar y decidí atrincherarme en el hotel, temiendo que en cualquier momento llegara la policía y derribara la puerta.

Los agentes del gobierno de Estados Unidos, la vez que me interrogaron, no me ofrecieron ningún tipo de protección. Tampoco yo había revelado nada importante. Me dije que quizás eso solo sucedía en las películas, pero recordé los casos de antiguos colaboradores de Chávez que ahora vivían al resguardo en la Florida, dedicados al bel canto de las conexiones de la revolución bolivariana con las FARC y el narcotráfico.

Seguí las noticias por Twitter. Vi que era inminente la extradición de Humberto Larrazábal, alias El Tigre, a Estados Unidos. Un día, incluso, corrió el rumor de que había muerto. Lo imaginé como el personaje de Frankie Pentangeli, inmerso en una tina de agua caliente, desangrado.

¿Habría «cantado» Humberto? Me costaba creerlo. Poco después, desmintieron el rumor.

Pensé que permanecer tanto tiempo encerrada, sin dejar que limpiaran la habitación, podría llamar la atención. Salí a la calle y dejé que me deslumbrara la belleza europea de Buenos Aires.

Yo soy fan de Julio Cortázar y de Soda Stereo. Me paseaba por aquellas largas avenidas y por entre los cientos de cafés sintiéndome la Maga. Sabía que la parte de *Rayuela* con Horacio y la Maga transcurría en París, pero no me importaba. Y en cada muchacho desgarbado, de ojos claros, con ese cabello alborotado como de Principito que tienen todos los argentinos, veía a Gustavo Cerati. El pobre Cerati, que dio su último concierto en esta ciudad maldita que es Caracas, donde es seguro que yo, dentro poco, también caiga.

Recorrí toda la avenida Santa Fe hasta la esquina de Callao, entrando y saliendo de aquel interminable pasillo de librerías. Pensé en Humberto, que me había pagado este viaje. En realidad, Humberto llevaba año y medio pagándome todo: la ropa, las idas a la playa, las cirugías, las joyas. Y además de pagarme el viaje, Humberto había aceptado encontrarse conmigo para pasar unos días juntos. A pesar de que estaba tan ocupado. El Presidente lo había designado Cónsul en Aruba, pero los documentos que lo acreditaban no llegaban. Humberto comenzó a vivir entre Venezuela y República Dominicana. Varias veces me llevó a la isla, a su casa en La Romana. Al fin le anunciaron la llegada de sus credenciales y se fue a Aruba a recibir el nombramiento. Una vez posesionado, me alcanzaría en Buenos Aires, donde también lo esperaban asuntos oficiales.

Sentí pena pues los dos hubiésemos disfrutado mucho el viaje. Al principio, fue el cine y la literatura lo que nos unió. El gusto por ciertos libros y ciertas películas era nuestra manera de confesarnos que hubiéramos querido ser otros. Versiones de nosotros mismos que se materializaban cuando hablábamos de personajes e historias que nunca existieron.

Nos conocimos en un taller de título estrafalario: «Aprenda a escribir una novela a la manera de *El Padrino*». El profesor nunca hizo referencia a la obra de Mario Puzo, sino a la trilogía de Francis Ford Coppola. No creo que ninguno de los asistentes haya aprendido a escribir una novela, ni a la manera de *El Padrino* ni de ninguna otra manera. Pero vimos las películas y las comentamos. Fue divertido.

De ese taller solo recuerdo dos cosas. La afirmación que hizo el profesor sobre los personajes secundarios de Ford Coppola («ningún personaje es secundario») y a Humberto llorando sin poderse contener cuando hacia el final de la segunda parte Michael besa a Fredo y le dice:

—«*I know it was you, Fredo. You broke my heart, you broke my heart*».

Al final de esa clase, Humberto me invitó a cenar. *El Padrino* es nuestra película favorita y ambos coincidimos en que la segunda parte es la más importante, aunque la crítica suela decir que es la más larga, lenta y aburrida. Es allí donde Michael Corleone da el giro hacia su tragedia: se separa de Kay y, crimen imperdonable, asesina a su hermano Fredo.

Humberto me habló de su obsesión por la relación entre Michael y Fredo.

—Todo el mundo quiere ser Michael. Yo mismo quiero ser Michael. Algunos quieren ser Sonny: ese personaje hermoso, explosivo, que hizo James Caan. Pero nadie quiere ser Fredo. Y en el fondo, de los tres hermanos, Fredo es el más real. Es una pregunta que me hago todo el tiempo: ¿Soy Michael o soy Fredo?

Escuchar a un hombre como Humberto decir que Sonny Corleone era hermoso me sedujo por completo.

—¿Sabes cómo se llama el actor que hizo de Fredo?

—No.

—Nadie lo recuerda. Se llama John Cazale. Se llamaba, porque ya murió. Cáncer en los pulmones mientras rodaba *El francotirador*. Fue pareja de Meryl Streep, ¿lo sabías? Murió en sus brazos.

—No sabía nada de eso.

—John Cazale y Al Pacino eran amigos desde la adolescencia, cuando eran unos desconocidos y trabajaban como mensajeros en una empresa. Fue Al quien convenció a Sidney Lumet para que John hiciera el papel de Tom en *Tarde de perros*.

Me encantaba como hablaba de «Al» y de «John» como si fueran sus viejos amigos.

—Pacino se volvió una leyenda, pero su inspiración fue su gran amigo John Cazale, a quien nadie recuerda. Terrible, ¿no?

Humberto había participado en el golpe del 4 de febrero de 1992 y le fue leal a Hugo Chávez hasta su muerte. No tardé mucho en darme cuenta de que Humberto no era cualquier funcionario del gobierno. Eso no me importó. Siempre odié al personaje de Kay y nunca tuve mayor simpatía por Diane Keaton y su horrorosa manía de vestir *smoking*.

No fue gran cosa lo que conté a los funcionarios en la embajada. Hace seis meses yo fui a mi cita para sacarme la visa. Cuando llegó mi turno, mi hicieron pasar a una sala especial. Para mi sorpresa, estaban al tanto de mi relación con Humberto y comenzaron las preguntas. Al principio, pensé en no decir absolutamente nada. Luego me di cuenta de que eso podía ser peor y contesté lo que quisieron saber: ¿dónde y cómo había conocido a Humberto? Me detuve con detalle en el taller, en nuestra afición por *El Padrino* e, incluso, en algo tan nimio como el sentimiento de compasión que le despertaba el destino de un actor olvidado llamado John Cazale.

–Hasta tiene una alerta en Google que le hace llegar todo lo relacionado con la película –dije, sin poder evitar un gesto de ternura. –De lo otro que me preguntan, de sus negocios, no sé nada –agregué, y era la verdad.

Me fui sin problemas, pero no me otorgaron la visa. Preferí no contarle nada a Humberto.

Estuve dos días comiendo carne, tomando vino y devorando alfajores. Estar sola en Buenos Aires, sin poder hablar con nadie, me daba ansiedad. Al fin, en el Café Tortoni conocí a dos venezolanas. Una se llamaba Paula. Su papá era un judío argentino que manejaba una agencia de publicidad. Ella se había mudado a Buenos Aires hacía dos años. Carla, la mejor amiga de Paula, la alcanzó junto con su esposo un año después. Las tres hicimos muy buenas migas. A eso contribuyó la mentira que tuve que inventar cuando me preguntaron qué hacía allí y con quién había venido. Les dije que estaba en mi luna de miel y que el mismo día de nuestra llegada había descubierto que Luis Manuel, mi esposo, me era infiel.

Aquello bastó para activar la solidaridad femenina, que es el escudo más fuerte que se forma en menos segundos. Paula y Carla prácticamente me adoptaron.

El viernes en la noche me llevaron a una discoteca con un nombre poco alentador: El Coyote Soho. Quedaba en

Palermo Soho y a uno no le daba tiempo de despedirse del ambiente clásico de las calles del barrio, cuando el reguetón atronador, la gente apretujándose y los juegos de luces te trasladaban de inmediato a Tijuana, o a la locación de una película de Robert Rodríguez donde estaba por filmarse una masacre.

Paula fue con su novio y Carla con su esposo. Apenas conseguimos una mesa, se dedicaron a hacer lo que hacen todos los venezolanos que se han ido del país: hablar de Venezuela.

—Chávez ya se murió y la gente no termina de entender cuál es el problema de fondo —dijo el esposo de Carla. No recuerdo ahora su nombre.

—¿Y cuál es el problema de fondo, si se puede saber? —le respondió Carla. Me pareció que aquello ya lo habían discutido varias veces.

—Te lo he dicho un millón de veces: Venezuela es un narcoestado.

—No crean que aquí la cosa con la Kirchner estuvo mejor, ¿eh? —dijo Martín, el novio de Paula, pero nadie le hizo caso.

—¿No ven lo que está sucediendo con el caso del Tigre Larrazábal? Apenas lo manden a Estados Unidos ya van a ver lo que va a pasar. Le van a dar un coñazo para que hable y dos para que se calle.

En ese instante me levanté y fui al baño.

Cuando regresé, habían pedido otra ronda de tragos. Paula y Carla se levantaron y me tomaron por la mano para llevarme a la pista.

—Solo chicas —dijo Paula. Y Martín y el esposo de Carla se quedaron en la mesa cuidando las cosas.

Bailamos y sudamos un buen rato. Ya me encontraba algo mareada. Cuando se nos acabaron los tragos, fuimos a la barra y Paula brindó unos *shots* de tequila. Fue en ese momento cuando vi a Gustavo Cortázar. O Julio Cerati. Como lo quieran llamar: era igualito a Gustavo Cerati, pero con barba. Se me acercó y era tan bello que, tal como hice con la ciudad, también en este caso me dejé llevar.

Bailamos el resto de la noche y nos besamos durante lo que recuerdo como una deliciosa e interminable canción. Ellas, de regreso en la mesa, nos veían a lo lejos y celebraban lo que a todas luces parecía una justa venganza. Más tarde, Paula y Carla se acercaron para decirme que se marchaban.

–Espérenme –les dije.

Gustavo, con una delicadeza que yo no conocía, me pidió que por favor lo acompañara a su casa. Vi esos ojos de cordero que me derretían y pensé que aquello era una señal más del giro que debía dar mi vida. Solo que la vida no me debía a mí nada. Yo no estaba en ninguna luna de miel, ni me habían engañado, ni Humberto se merecía esto, pensé.

–Dame tu número. Yo te llamo –le dije.

A la mañana siguiente tenía una resaca monumental. Logré despertarme como a las once. Mastiqué unas facturas del día anterior y tomé agua. Fui al baño y me cepillé los dientes. Me vi en el espejo: el rostro demacrado, las ojeras, el cabello revuelto. Lo normal. Sin embargo, allí, en el labio superior, noté que tenía una pequeña marca rosada.

Me volví a acostar y dormí hasta las seis de la tarde. Cuando me paré, fui al baño otra vez y ahí me empecé a preocupar. La mancha rosada había crecido y ahora cercaba como una espuma brillante todo el labio superior derecho.

Me lavé con jabón y el dolor fue terrible. Traté de calmarme y me dije que esas cosas pasaban. El sol, alguna comida, el *stress*, el tequila y los limones, podían haberme provocado la irritación.

El domingo la cosa empeoró. Ya era el labio superior completo el que estaba brotado. Parecía un payaso. Yo no paraba de llorar y las lágrimas se me escurrían y alcanzaban la zona lastimada, quemándome.

Para el lunes la herida estaba comenzando a cambiar de color. Aquel amanecer irritante que la mañana del sábado se había posado sobre mi boca ahora se convertía lentamente en un crepúsculo ominoso. Por el dolor no había podido comer. Sin embargo, así, como un monstruo y mareada, me vestí. Tomé mi cartera y salí de la habitación. Me puse unos lentes oscuros y me tapé la boca con una toalla de mano. En la calle paré un taxi y le pedí que me llevara a la Emergencia de alguna clínica.

En la Emergencia había mucha gente. Esperé una media hora a que alguien me atendiera, pero nadie vino y entré en desesperación. Recuerdo haber llegado corriendo al mostrador y pedir a gritos un médico. Cuando me quisieron calmar me quité la toalla de la cara. También recuerdo la expresión de espanto de la enfermera.

Entonces me desmayé.

Cuando volví en mí estaba en una cama. Vi a Paula, a una enfermera y un médico. Un paso más atrás estaba un policía.

Humberto, pensé.

–¿Qué pasó? –pregunté.

Sentí un dolor adormecido en la boca y levanté la mano.

–No se toque, por favor –dijo el médico. Y luego contó lo sucedido cuando llegué a la Emergencia el día anterior.

–¿Ayer? –dije aterrada.

–Estaba deshidratada, por eso el suero.

Una vía, conectada a un tubito de plástico que se remontaba a una botella transparente, salía de mi muñeca derecha.

–Tiene usted ahí una lesión muy fuerte. Ya la atendimos y se va a curar pronto. No se preocupe.

Yo miré al policía y luego a Paula, sin entender. Ella se acercó a mí y me tomó de la mano izquierda.

–Me llamaron ayer. Revisaron tu celular, buscaron las llamadas recientes y encontraron mi número. Les tuve que contar tu situación, Maru. El doctor se preocupó cuando le dije que tú el viernes no estabas así.

–En efecto, una lesión tan agresiva y en tan pocos días no es normal. Le tomamos unas muestras y las mandamos a laboratorio. Lamentablemente, era lo que me temía. Verá, el tipo lesión que usted tiene es poco común. Sugiere el contacto con cadáveres.

El policía dio un paso adelante y se acercó a la cama. Yo apreté la mano de Paula.

–Cuando el doctor me dijo el resultado, quiso saber qué habíamos hecho el viernes en la noche. Le conté lo del muchacho que conociste. El doctor recomendó que llamáramos a la policía. Y bueno. Dieron con él, Maru.

Paula se volteó hacia el policía.

–Fuimos a su casa y encontramos los cuerpos de dos chicas que llevaban unos meses desaparecidas –dijo el policía.

El policía esperó a ver mi reacción. Como no hice nada, agregó:

–Los cuerpos estaban en avanzado estado de descomposición y con rastros de profanación. ¿Me entiende?

Yo traté de incorporarme en la cama, comencé a respirar con dificultad y me contraje en una oleada de náuseas. No vomité nada. Apenas una baba asquerosa que ahora me untaba la barbilla.

Paula me recogió el cabello y me ayudó a limpiarme.

–Usted no tiene nada que temer. El enfermo ese ya está preso –dijo el policía.

–Se qué es difícil verlo de esta manera ahora, pero, *oigamé*, a pesar de todo, usted tuvo suerte, señorita –agregó el médico.

Al día siguiente me dieron de alta. Presté unas declaraciones en un departamento de la policía y logré que no involucraran a la embajada venezolana.

–Ya estoy bien. Solo quiero regresar a mi casa –dije.

Cuando al fin aterricé en el aeropuerto de Maiquetía, de madrugada, la lesión se había ido reduciendo a las dimensiones de un herpes agudo, pero nada alarmante. En el taxi, subiendo para Caracas, encendí el celular. Leí la noticia y no supe si angustiarme o alegrarme. En un desenlace imprevisto, la monarquía holandesa no atendió la solicitud de extradición del Tigre Larrazábal a Estados Unidos. En la noche de ayer, mientras yo abordaba el avión, ya Humberto estaba de regreso.

Hace un rato vi a Humberto por televisión. Lo mostró el Presidente en un acto multitudinario. Lo llamó a la tarima y le levantó el brazo, como un campeón de boxeo. De hecho, se referían a su repatriación como «una victoria ante el imperialismo gringo». Lo noté distinto. Sonreía, pero su mirada era de piedra. No vi nada de esa última humedad, como de pozo a punto de secarse, que yo sentía cada vez que sus ojos caían sobre mí.

Me extrañó que no se hubiese comunicado. No sé qué instinto me llevó a revisar en mi correo electrónico la bandeja de correos no deseados. Nunca mejor dicho. Ahí estaba su mensaje. El remitente solo mostraba unas iniciales: M.C. No podía ser sino él. El mensaje era breve, predecible:

«Sé que fuiste tú, Maru. Me rompiste el corazón. Me rompiste el corazón».

Abajo había un link de un reportaje más extenso donde se explicaba entre otras cosas que, al final, había privado la inmunidad diplomática del ahora excónsul de Aruba.

Para cerrar, el periodista agregaba como dato curioso las circunstancias de la detención del Tigre Larrazábal. Lo habían capturado en un cine, a las dos de la tarde, donde supuestamente iban a proyectar una serie de películas de un actor norteamericano que se hizo célebre en los años setenta desempeñando roles secundarios. Los oficiales de Inteligencia de Estados Unidos se habían inventado un «Homenaje a John Cazale», conociendo la particular afición de Larrazábal por este actor, para atraparlo.

Al periodista, que sin duda sabía algo de cine, le llamó la atención que este capo de la droga venezolano se identificara con el actor que había interpretado a Fredo en las dos primeras partes de *El Padrino*, «cuando es evidente que si algún parecido puede tener el Tigre Larrazábal con los personajes de la obra maestra de Francis Ford Coppola es con Michael Corleone».

Ahora no me queda otra opción que esperar aquí en mi casa.

«Usted tuvo suerte, señorita», me había dicho el médico.

Voy al baño y me observo en el espejo la herida del labio. Siento de nuevo un ardor. Me parece que se va a poner fea otra vez.

Café Rostand

MADAME LACOUR, la presidenta del jurado, nos citó en el Café Rostand a la hora del almuerzo. Yo había aprovechado para pasar antes por la oficina de Air France, que quedaba justo al lado, para comprar el pasaje de avión que me llevaría a visitar mi país por primera vez en muchos años.

En Air France había poca gente y no tuve que esperar. Quince minutos después, con los boletos en el bolsillo de mi chaqueta, entré al Rostand y me senté al final de la barra.

En el otro extremo estaba el crítico literario Michel Deschamps, uno de los tres jurados. Solo lo había visto en fotos, pero lo reconocí. Se levantó haciendo un gran esfuerzo, apoyado en un bastón, y se dirigió hacia donde yo estaba. No reparó en mí (no había ninguna razón para que lo hiciera) y siguió hasta la escalera de caracol que conducía a los baños. Bajó peldaño a peldaño, produciendo un estertor de carro a punto de fundirse.

Percibí un fuerte tufo a alcohol.

Entonces apareció madame Lacour acompañada de una mujer más joven.

–Buenos días, señor Zabala. Encantada. Le presento a la señorita Badieu –me dijo.

Los franceses decían *Zabalá*. Tal como pronunciaban, por ejemplo, el apellido de Ismaíl Kadare como *Kadaré*, hasta el punto de haberle incorporado a la grafía de su nombre aquella tilde con la que era conocido el escritor albanés.

–Veo que es usted el primero en llegar –agregó.

Yo asentí en silencio.

Un mesonero nos condujo a la mesa reservada. Acabábamos de sentarnos cuando llegó Chantall Mezut, el otro miembro del jurado. Mezut era una traductora a quien yo había conocido en un congreso de literatura en Lyon. Había leído dos de mis libros y fue quien sugirió mi nombre a los organizadores del premio de cuentos del Café Rostand. De la lista de cinco candidatos que intercambiamos por correo electrónico días antes del almuerzo, Mezut y yo coincidimos en tres textos como posibles ganadores. En cambio, la selección de Deschamps difería por completo de las nuestras. Tampoco había mostrado con nosotros ni una sola palabra de cortesía.

–Cuando se nos una el señor Deschamps, ordenamos la comida –dijo *madame* Lacour.

Pero *monsieur* Deschamps no aparecía.

–Es extraño –dijo la señorita Badieu–. El avión aterrizó a las diez de la mañana. Lo chequeé en la página del aeropuerto antes de salir.

–¿Vino en avión? ¿No vive en Burdeos, el señor Deschamps? –preguntó Mezut.

–Sí, pero prefirió viajar en avión.

–Vamos a pedir unas entradas y algo de beber, para dar tiempo –dijo *madame* Lacour, y le hizo una seña al mesonero.

Estábamos en los fondos del café. Yo ocupé una de las cabeceras de la mesa, de espaldas a la escalera, de modo que no podía ni siquiera echar un vistazo. Enfrente tenía a *madame* Lacour, quien ocupaba la otra cabecera.

Trajeron las bebidas y las entradas. Comenzábamos a picar y a probar el vino cuando se oyeron unos ruidos. Parecía que estuvieran derribando a punta de mandarria la estructura de hierro de la escalera de caracol. Al alcanzar la superficie, Michel Deschamps miró en derredor, como extraviado. La señorita Badieu se levantó y fue a buscarlo.

Deschamps era un hombre mayor y grande. Se aproximó a la mesa con una lentitud amenazante. Plantado delante de mí, en lugar de saludar me hizo un gesto con el bastón. Tardé unos segundos en entender que quería mi asiento. Aturdido, se lo cedí.

–¿Qué tal el vuelo? –preguntó *madame* Lacour, fingiendo una absoluta normalidad. Como si el avión proveniente de Burdeos hubiera aterrizado en el baño del Café Rostand.

Deschamps esbozó una especie de manotazo y dijo:

–El vuelo bien. Lo que nunca está bien es París.

–Qué pena que lo hayamos hecho venir –dijo *madame* Lacour, sonriendo.

–Treinta y cinco años sin pisar París –dijo–. Treinta y cinco años.

Lo dijo como si al estar ahí con nosotros hubiera botado los ahorros de toda una vida. Y luego, sin mediar palabras, se puso a devorar las entradas. Agarraba los pedazos de pan y los partía en dos trozos que hundía con brusquedad en los pequeños cuencos con cremas, engulléndolos sin ningún recato.

–Si les parece, puedo pedir algunas especialidades de la casa para todos. Y mientras nos traen la comida, deliberamos –propuso *madame* Lacour, haciendo un esfuerzo por obviar los sonidos que el señor Deschamps producía al masticar.

–Sí –dijo Mezut, tratando de ayudarla–. Como le había comentado, entre las listas del señor Zabala y la mía hay varias coincidencias. Sin embargo, el señor Deschamps propuso otros distintos.

–Olviden esa lista que les mandé –dijo Deschamps. Tenía la boca llena y un aliento pestilente–. El cuento ganador tiene que ser uno que se titula «Saint-Lazare». Ese es el ganador. ¿No hay una copa para mí? ¿Puede usted decirle al mesonero que me traiga una copa de vino?

Nuevamente, se había dirigido a mí.

–No recuerdo ese cuento –fue lo único que respondí.

–Yo tampoco –dijo Mezut.

–¿«Saint-Lazare»? ¿Ese es el título? –preguntó la señorita Badieu, mientras se ponía a revisar unos folios que traía guardados en una carpeta.

–«Saint-Lazare», «Gare Saint-Lazare», sí señor. Ese es el ganador. ¿Dónde está mi copa de vino? –volvió a preguntar, removiéndose en su asiento. Dejó caer la pesada mano que retumbó como un portazo.

El mesonero se acercó y Deschamps le dijo:

–Tráigame una copa de este Pinot Noir que están bebiendo, por favor. O, mejor, traiga la botella. Sí, la botella.

El mesonero miró a *madame* Lacour, quien negó con la cabeza, y se retiró.

–No encuentro ese cuento en la lista –dijo la asistente–. ¿Está seguro de que ese es el título?

Deschamps replicó:

–Por supuesto que sí. No importa si no lo leyeron, yo mismo se lo cuento.

Empezó a contar una historia incomprensible de un hombre que viajó de Marsella a París buscando a una mujer. O puede que haya sido desde Melilla a París. Lo cierto es que el hombre iba a París para encontrarse con una mujer. No quedaba claro si la había perdido y trataba de recuperarla. O si habían acordado encontrarse y el hombre se había equivocado en la fecha. En todo caso, el hombre la buscó hasta en el último rincón de París y no la encontró. Y en cada rincón tropezó con hombres y mujeres que al parecer la habían visto. En realidad, lo escuchaban porque les invitaba a las copas. Y de un lado a otro, el hombre, cada vez más borracho, se fue quedando solo. No tenía donde pasar la noche y decidió marcharse a la Gare Saint-Lazare, que era la más cercana. Intentó dormir en alguno de los banquitos de la estación, pero los guardias lo despertaron y le pidieron que se marchara. El hombre salió de la estación, dio un rodeo y buscó las vías del tren. Atravesó una reja caída y entró en las vías como quien camina por el cauce de un río seco. Vio las hileras de vagones, aparcadas en la oscuridad como serpientes hibernando. Llegó hasta uno de los trenes que parecía de carga. Se subió por una escalerilla y lo recorrió por un largo pasillo hasta el final. Se apoyó en la última barandilla e imaginó que aquel tren era un barco y que al despertar sus ojos contemplarían la inmensidad del mar.

Se sentó sobre el borde, con las piernas colgándole hacia fuera y se tumbó de espaldas, totalmente borracho. El rostro de la mujer perdida apareció un instante y luego se durmió.

El cuento finalizaba con gritos de horror. Al despertar, en lugar del mar sereno, el hombre encontraba ante sus ojos la mole de otro tren que acababa de acoplarse al que había usado como lecho, amputándole de un solo mordisco, como un tiburón de metal, las dos piernas.

Deschamps terminó de contar la historia, entre balbuceos, y dijo que tenía que ir al baño.

Le alcancé el bastón y lo ayudé a ponerse en pie. Lo seguí con la mirada hasta el comienzo de la escalera.

Y allí, en una mesa arrinconada, casi escondido detrás de un perchero cargado de abrigos y bufandas, lo vi. Nos estaba observando. Tuve la certeza de que había estado siguiendo la escena desde el principio. Tenía una pluma en una de sus manos mientras la otra descansaba sobre un cuaderno abierto. La frente amplia, el cabello de un tono marrón rojizo, los lentes de pasta negra. No había ninguna duda. Era él: Ismaíl Kadaré.

Yo había leído que Kadaré, cuando estaba en París, acostumbraba ir al Café Rostand a escribir.

Emocionado, quise compartir mi descubrimiento, pero *madame* Lacour estaba indignada.

—Está tan borracho que apenas puede mantenerse en pie.

—¿Qué podremos hacer? ¿Posponemos el veredicto? —preguntó Mezut.

—Imposible. Lo más sensato es que ustedes escojan el cuento ganador. Después se le pedirá al señor Deschamps que firme el veredicto. Si se niega, pues rescindimos el acuerdo de trabajo con él por incumplimiento de su parte.

Chantall Mezut y yo nos pusimos a la tarea. De inmediato, entramos en un ritmo de conversación amigable, que buscaba los puntos de encuentro. Fue tan fluida la deliberación, acordamos de manera tan natural qué texto debía ganar, que por primera vez la observé con interés. Pensé en Ana María. En esa llamada suya de la noche anterior, que yo había esperado en vano tantos años y que duró toda la madrugada. Y en mi reacción esa misma mañana, que ahora me parecía absurda e impulsiva, de comprar un billete de avión para volver adonde juré que nunca más iba a regresar.

Escogimos el cuento. En una hoja de papel que me facilitó la señorita Badieu, redacté un borrador del veredicto. Ella se encargaría de transcribirlo y agregarle el nombre del autor cuando abriera la plica. Nos lo enviaría por correo electrónico para adjuntarle nuestras firmas.

La comida estaba exquisita. *Madame* Lacour pidió más vino. Comimos y brindamos. Estábamos contentos. Cuando nos trajeron la carta de los postres, nos acordamos del señor Deschamps. ¿Se habría marchado? De haber salido del baño, con el escándalo que armaba entre su borrachera, su tamaño y el bastón, nos habríamos dado cuenta.

Por ser el único hombre en la mesa, me levanté a ver qué había pasado.

–Ya vengo –dije.

La mesa de detrás del perchero ahora estaba vacía. Lamenté haber perdido la oportunidad de saludar al escritor. Sin embargo, cuando entré al baño, ahí estaba. Sostenía la puerta del retrete y le daba palmaditas en la espalda a un hombre que vomitaba. Por supuesto, el hombre que vomitaba no era otro que Michel Deschamps.

Al verme, Ismaíl Kadaré pareció alegrarse.

–Aquí está su amigo –le dijo a Deschamps y se retiró.

Antes de salir, Kadaré me dijo, en tono de chanza, con un deje eslavo:

—Il faudra appeler le SAMU.

Yo estaba tan sorprendido que no reaccioné. Solo puse cara de idiota, mientras veía al gran escritor albanés subir por las escaleras de caracol del Café Rostand, después de ayudar a un borracho que él había confundido con un amigo mío.

Entonces escuché una especie de derrumbe. Deschamps se había venido abajo. Por fortuna, los brazos habían impedido que la cara tocara el agua inmunda del retrete. Haciendo un acopio de fuerzas, lo levanté como pude y lo arrastré hasta recostarlo de los lavamanos.

—Señor Deschamps, despiértese —le dije.

El señor Deschamps tanteaba la repisa de cerámica donde estaban incrustados los dos lavamanos. Un hilo de baba le caía por el mentón. Balbuceaba una jerigonza de la cual solo rescaté una sola frase:

—«"¡Saint-Lazare" es el ganador! ¡"Saint-Lazare" es el ganador!».

—No se mueva de aquí, señor Deschamps. Ya vengo.

Apenas le había dado la espalda cuando volví a escuchar el ruido de escombros desplomándose.

Un encargado de la limpieza se asomó y, al ver al señor Deschamps en el piso, dijo:

—Il faut appeler le SAMU, vous croyez pas?

—Está bien —le dije. Y subí las escaleras para informar lo que había sucedido y decirle a *madame* Lacour que había que llamar a los paramédicos.

Para sacar al señor Deschamps, hubo que utilizar el montacargas del depósito, que estaba en la misma área de los baños, y desde ahí se comunicaba con la superficie. Como en muchos restaurantes de París, el montacargas emergía de un compartimiento a dos puertas practicado sobre el suelo. El del Café Rostand daba a una entrada lateral, que normalmente estaba condenada pero que ahora había sido despejada por la emergencia. Nosotros ya estábamos en la calle, esperando junto a la ambulancia y los paramédicos. La gente que salía de los jardines de Luxemburgo se aglomeró para observar el espectáculo.

Los enfermeros bajaron de la ambulancia una camilla y la aproximaron hasta el montacargas. Yo los ayudé a subirlo. Y fue en ese instante, cuando las piernas chocaron contra la baranda de la camilla, que escuché un sonido.

El señor Deschamps portaba unos zapatos inmensos, como de payaso, pero negros.

Uno de los paramédicos, que también había escuchado lo mismo que yo, le levantó las perneras. En lugar de los tobillos, el señor Deschamps tenía dos delgados tubos de metal que le llegaban hasta el comienzo de las rodillas.

Para Gustavo Guerrero

La hora de tu símbolo

—Una caña —dijo.

No había nadie más en la terraza. Revisó su celular y vio que todavía faltaba media hora para que pasara el avión. Llamó de nuevo al mesonero:

—Perdona. Mejor una cerveza sin alcohol.

Lo del avión era el tipo de expresiones que debía evitar. Quizás en México también la usaran, pero tratándose de Netflix, quedaba descartada. Demasiado local.

Alguien le explicó una vez el origen. Al parecer, hubo una época en la Isla de Margarita en que el primer vuelo hacia Caracas salía puntualmente a las once de la mañana. Cuando los margariteños veían en el cielo aquel avión, se decían que ya era una hora decente para destapar la primera cerveza.

El mesonero le dejó la bebida sobre la mesa, le dio un trago y miró a su alrededor. Se sintió como un actor, bebiendo cerveza de mentira e interpretando un papel. Aquel lugar de tapas quedaba en la calle Granada. En apenas una hora comenzaría a llenarse de guiris y turistas de todas partes del mundo que, al igual que él, habían acudido al llamado de Málaga, «la ciudad de moda», según rezaban algunos reportajes de prensa. Pero él no era un guiri. Tampoco un residente ni mucho menos uno de los miles de venezolanos que, con expedientes falsos, pedían asilo político o se declaraban descendientes de judíos sefarditas.

Madrid era más barato que Miami. Y Málaga era más barato que Madrid. Eso era todo. Un repliegue táctico hasta sacarla del parque y volver a Miami y darle una patada en el culo a Edgardo León.

Si algo había descubierto en su vida de emigrado es que no había peor enemigo para un venezolano que otro venezolano. Edgardo León, por ejemplo. Era el latino más influyente en Netflix de Estados Unidos y había sido incapaz de recibirlo. Era obvio que todavía estaba resentido por lo sucedido en los Premios Pepsi, hacía ya una pila de años. De nada le habían valido sus más sinceras disculpas. Estaba muy borracho, León. Y las estupideces que dije no las dije en serio. Fue una broma que algún coñodesumadre sacó de contexto. Sabes que te admiro mucho.

Se terminó su cerveza 0,0 % y abrió las manos ante sí, estirando los dedos. Esperó a que apareciera el mesonero y pidió otra cerveza sin alcohol, pero tostada.

Qué diferencia, en cambio, con Daniel Krauze. Muy simpático. Todo un caballero. Lo había conocido gracias a su amigo Dalio Maldonado, quien lo había recibido en su casa en Ciudad de México cuando tuvo la última crisis. Él prefería llamarlo «un mal cierre de temporada». Dalio no solo le había prestado el sofá de su apartamento, sino que le permitió que lo acompañara a la Feria del Libro en Guadalajara, pues era jurado del premio Sor Juana. En la FIL, le presentó a muchos escritores, editores, poetas y periodistas. Él los saludaba con cortesía, pero sin prestarles demasiada atención. Hasta que, en una de las fiestas, como si fuera una señal del destino, reconoció al mismísimo Daniel Krauze, el creador de la serie sobre Luis Miguel. Dalio lo conocía superficialmente. Cuando los presentó, le dijo a Krauze «aquí tienes a uno de los mejores guionistas venezolanos». Él aprovechó, mientras compartían un trago, de decirle cuánto le había gustado *Luis Miguel: la serie*. Krauze le agradeció, pero no le hizo preguntas. Entonces le dijo:

—Pero aún no has hecho tu mejor serie.

Krauze pareció reparar por primera vez en él. Quizás porque ya estaba borracho, se atrevió a pronunciar aquellas dos palabras que llevaban tiempo dándole vueltas en la cabeza, en el corazón y en el hígado:

—José José.

De aquel viaje, regresó con las energías renovadas. Contactó a su abogado para que se encargara de tramitar el divorcio, entregó el apartamento de Madrid y se mudó a Málaga. En su billetera cargaba, como oro en paño, la tarjeta de Daniel Krauze, quien le dijo que lo contactara cuando tuviera material que mostrarle.

Antes de México, se había enfrentado al deterioro de su matrimonio, la ruptura y su nueva bancarrota, con la misma herramienta que había ocasionado el derrumbe: el alcohol. Carmela se había marchado de la casa la segunda semana de julio y de allí en adelante se dedicó a beberse sus ahorros con la música a todo volumen. Al principio, los vecinos protestaron, pero a medida que se acercaba el verano y Madrid se incendiaba en sus calles vacías, pudo entregarse a la molicie sin interrupciones.

El repertorio consistía en listas de canciones en YouTube de Felipe Pirela, Los Panchos, José Alfredo Jiménez, José José y La Lupe. Un día, el algoritmo puso una entrevista a José José. Era la entrevista con Ricardo Rocha, de 1981, donde el Príncipe de la Canción habló por primera vez en público de su alcoholismo. A partir de ese momento, estaban ya en los primeros días de septiembre, vio todas las entrevistas, conciertos y programas especiales sobre José José que encontró. Sin embargo, nada lo conmovía más que esa entrevista con Ricardo Rocha. El traje azul, impecable, combinado con la corbata y el pañuelo. La sobriedad de su fraseo. La educación con que se dirigía al también correctísimo periodista. Cuando escuchaba a José José decir «porque hay comprender primero, señor Rocha, que esto es una enfermedad», se ponía a llorar. Lloraba porque ya había visto una segunda entrevista con el mismo Rocha, pero de 1993, en la que el cantante hablaba de sus recaídas, de su lucha constante contra la adicción, con aquella melancolía imperturbable. Para entonces, ya José José y Ricardo Rocha se habían convertido en amigos y, sin embargo, José José seguía llamándole frente a las cámaras «señor Rocha». Y ese «señor Rocha» encerraba toda la elegancia, la dulzura y la tristeza del mundo. Y por eso, no paraba de llorar. Por eso, y por la borrachera. Ver aquellos videos, antes que a un acto de contrición, solo lo empujaban a beber más. Incluso, comenzó a vestirse con el único flux que tenía. Y así andaba por su apartamento, bien vestido y con corbata, y así iba al supermercado de la esquina, a comprar comida para microondas, hielo y whisky barato.

Otro día, digamos a comienzos de octubre, curioseando por Netflix descubrió que existía una serie sobre José José. La habían estrenado en 2018, en la misma época en que el Príncipe mostraba los estragos del cáncer de páncreas que lo mataría al año siguiente. La serie, lo comprobó desde las primeras escenas, era pésima. Reaccionaba indignado, gritándole al televisor, como si estuvieran falsificando su propia vida. Lo bueno fue que los 75 capítulos de aquel bodrio lo ayudaron a bajar el consumo de alcohol. Y aferrándose a esa nimia esperanza, se dispuso a hacerle caso de nuevo al algoritmo, que ahora le recomendaba que viera *Luis Miguel: La serie*.

Cuando terminó el primer capítulo, le dio a *stop*, fue hasta la mesa de noche del cuarto, agarró la Biblia, volvió a echarse en el sofá y pulsó *play*. Vio un capítulo tras otro durante el resto del día, la mano izquierda sosteniendo el vaso de whisky, del que daba pequeños sorbos, mientras la mano derecha reposaba sobre las Santas Escrituras.

Al concluir el último episodio de esa primera temporada, tenía claras dos cosas. Aquello era una obra maestra y había que producir una serie de la misma calidad de la de Luis Miguel, pero sobre José José. Y esto último solo podía hacerlo él. Se puso a trabajar.

Seguía vistiéndose cada mañana con el flux, la corbata y el pañuelo, pero solo bebía al final del día, una vez cumplido con el número de páginas que se había propuesto. Debía desarrollar lo más pronto posible un primer borrador de la biblia. Ya buscaría el modo de entrar en contacto con el creador de la serie de Luis Miguel, un tal Daniel Krauze.

Y hubiera podido terminarlo de no haber recibido aquel WhatsApp de Dalio que decía «chamo, qué pasó», seguido de un link a una historia de Instagram donde se veía a Carmela bailando y besándose con Domingo. De todos los tipos con los que podía enredarse su esposa, todavía lo era, tuvo que buscarse al que más odiaba. Al que más le diera en la madre. De modo que dejó de escribir y volvió a beber como a principios del verano. Algunas veces llamaba a Dalio y sostenían largas conversaciones que terminaban con llantos e insultos. Quizás porque se sentía culpable, Dalio lo invitó a que pasara unas semanas con él en Ciudad de México.

La tostada sin alcohol era mucho mejor. Comenzaba a sentir algo parecido a una ligera embriaguez. Se le acercó un viejo gitano a pedirle una moneda. Aunque no le sobraba el dinero, le dio un euro y el hombre se puso a cantarle una bulería. O quizás era una sevillana. Nunca sabía distinguirlas. El viejo tenía la voz rota. Sin embargo, algo de su timbre original persistía. El viejo le agradeció llevándose las manos al pecho y se marchó en dirección hacia la plaza de Uncibay.

Siempre que veía a un personaje así, le embargaba una rabia por lo tramposo que era el destino. Se imaginaba ese instante precioso y terrible de la infancia o de la adolescencia en que los futuros indigentes descubrían el talento con el que Dios los había premiado. Los tempranos aplausos y la atención de las muchachas, que les hacía creer que podían dedicarse a cultivar aquel don divino el resto de sus vidas. Que podían llegar a vivir de ello y alcanzar cierta fama. O, ¿por qué no?, la verdadera gloria y muchísimo dinero. Luego vendrían los desengaños, los oasis de ilusión y los nuevos tropiezos, hasta aceptar en el transcurso de los años que ese talento había sido un espejismo que, más que a vivir, los ayudaría a sobrevivir. Esa coqueta habilidad convertida en un yugo, detrás del cual brillaría siempre la alquimia odiosa que transformaba el oro de los sueños juveniles en unas pocas monedas, un plato de sopa y una lata de cerveza caliente.

El símbolo de la trampa era con frecuencia un instrumento musical. Una guitarra o un violín. O unos pinceles y una paleta de pintura. También podía ser un balón, como en el caso de aquel hombre que solía andar por el bulevar de Sabana Grande, en Caracas, vestido con un desastrado uniforme de fútbol. Dominaba con gracia una pelota y la gente le daba billetes sucios. Después podía vérsele en la noche, alrededor de la entrada del metro de Chacaíto, desvariando y dando traspiés, abrazado a su balón sin parches como si fuera un tonel de amontillado.

Si tuviera que escoger su símbolo, ¿cuál sería? Sin duda, la Biblia. Ese ajado ejemplar con tapas de cuero que le regaló su madre el día de su primera comunión y que todavía conservaba como un amuleto. Ella hubiese querido que él se ordenase como sacerdote. Por supuesto, no sucedió. Sin embargo, que terminara redactando guiones y escribiendo la Biblia para pilotos de programas de televisión le parecía una manera inesperada de cumplirle a su madre, que en paz descanse. Es cierto que, por ahora, ninguno de sus pilotos había llegado a interesar a ninguna productora, pero, como solía decir su vieja, «Dios escribe recto sobre renglones torcidos». Y en efecto, no debía desesperar. Él no era como el viejo gitano ni como el futbolista borracho de Sabana Grande. Por supuesto que no.

Levantó la vista, como buscando aire. Aún no había llegado la hora de su símbolo. Esta vez las cosas sí van a funcionar, se dijo. Claro que sí. Tienen que funcionar.

Fue entonces que vio pasar, en el azul perfecto del cielo de Málaga, un avión.

Llamó al mesonero y le pidió otra cerveza.

–Una de verdad. Bien fría –precisó.

Para Pablo Aranda (1968-2020)

APRENDÍ A LEER para darle una sorpresa a mi marido en su cumpleaños. Ambos nacimos el mismo día, por lo que podría decirse que lo hice como un regalo para mí también, pero no fue así. Quería agradecerle que me hubiera aceptado como era, a pesar de no haberle podido dar hijos y de tener él esa sonrisa tan bonita y de que fuera un pico de oro. Facundo resolvía el crucigrama de los domingos en un santiamén y en las parrandas solían pedirle que recitara la poesía aquella de «La leyenda del Horcón», que se sabía de memoria. Yo conseguí una fotocopia del poema. Mi idea era leérselo después de que picáramos la torta. Al final, no lo hice pues ese día la sorpresa me la llevé yo. Lo primero que logré leer, más allá del libro de instrucción, las vallas de la carretera y el maldito poema, fueron unas cartas de amor que le había enviado a Facundo una mujer de Puerto La Cruz.

Los cursos de lectura los había tomado a escondidas en la escuela comunal las veces que Facundo no estaba.

Él trabajaba de transportista para una distribuidora de alimentos y pasaba varios días de la semana fuera de casa. El profesor era un muchachito que estudiaba Educación en la Universidad de Oriente y que hacía labores sociales. Era medio fanático pero buena gente. Se creía cada palabra que el Comandante decía. Que la Revolución había alfabetizado a todo el país y cosas así. Eso no era cierto. A los veintitrés años, yo era de las poquitas en el barrio que no sabía leer. El problema es que los otros, los de la oposición, que fueron los que gobernaron antes, decían que en Venezuela ya no existían analfabetas, pues ellos los habían educado a toditos. Eso tampoco era cierto. Éramos pocos, pero éramos. Y ya se sabe que para incendiar un pajonal solo hace falta arrimar una chispita.

Al principio, no dije nada. Solo que Facundo no era tonto. En el transcurso de las semanas siguientes, percibió mi rabia como el olor de un animal muerto. Cuando al fin lo confronté, creyó que alguna vecina me había venido con el chisme y lo negó. Fui hasta la mesita de la entrada y tomé el fajo de papeles en el que, mezclados con recibos y facturas, reposaban tranquilas dos de las cartas. Primero se puso lívido y luego como una fiera. El que yo hubiera aprendido a leer por mi cuenta, sin decirle nada, terminó siendo una traición peor que la que él había cometido y empezó a pasar aún más tiempo fuera de la casa.

Después vino el paro nacional, la huelga petrolera y la escasez de gasolina. Recuerdo los barcos cargados de combustible, varados en el mar. Cuando los militares tomaron el control de las naves y las llevaron a los puertos, el problema era encontrar conductores para las gandolas que se encargaban de surtir de gasolina las estaciones, ya que los choferes, que trabajaban para Petróleos de Venezuela, también estaban en huelga.

Al Comandante no se le ocurrió mejor idea que buscarse otros conductores, los que fueran.

Esta vez sí fue una vecina, Maigualida, quien me echó el cuento. La mujer de Puerto La Cruz estaba metida en política y fue quien le dijo a Facundo que respondiera al llamado del líder comunal de la zona, que solicitaba choferes de camiones de alto cilindraje para «devolverle la gasolina al pueblo». Facundo conducía gandolas que transportaban comida. Transportar líquidos y, sobre todo, gasolina, es distinto. Hay que tener en cuenta si el depósito está lleno o no, porque eso genera un movimiento en la carga que puede ser peligroso en las curvas. De estos detalles me enteré después del accidente.

Yo vi en la televisión el momento en que las primeras gandolas salieron. Eran como tanques de un ejército que partían a liberar una ciudad sitiada. El Comandante narraba el banderazo de los vehículos y el público daba aplausos. Poco tiempo después, desde el principal canal de la oposición, vi las imágenes de dos gandolas volcadas, ardiendo en fuego a un lado del camino. Facundo iba al volante de una de ellas. Escuché su nombre en la voz del periodista que reportaba la noticia, pero lo que se me quedó grabado fue su transcripción en un cintillo que apareció en la parte inferior de la pantalla. Poder leer esas palabras me destruyó.

Poco a poco, como quien administra un veneno, Maigualida me fue enterando de todo. Después de contarme cómo Facundo había terminado manejando esa gandola de PDVSA, a la semana siguiente me dio el nombre y lo que hacía la fulana aquella, a quien él había conocido en uno de sus viajes. Otra semana más tarde, una foto de la susodicha junto a Facundo y los dos muchachitos que le parió. Ver esa foto fue como recibir un par de puñetazos: en mi vientre seco y en la boca. Esa boca cuyos dientes se me habían caído mucho antes, como presintiendo el golpe.

Vendí la casita y el carro que nunca utilizábamos y me mudé a Caracas. Pude comprar un apartamento pequeñito por los lados de Montalbán. Después de instalarme y empezar a trabajar para una compañía de limpieza, con el dinero que me sobró me pagué un largo y muy doloroso tratamiento para arreglarme la dentadura. De modo que fue a los veintiséis años que pude volver a sonreír. Aunque todavía lo hago con un dejo de pena. Un tic en los labios, como de telón de teatro que duda de abrirse ante un público cruel.

Cuando me arreglé los dientes, me inscribí en una escuela nocturna a la que asistí religiosamente durante años, cada día, al terminar mis turnos de trabajo. Saqué mi educación básica y obtuve mi título de bachiller. Aun así, decidí seguir trabajando como señora de limpieza. De hecho, no quise que nadie supiera que yo sabía leer y escribir. Quizás me ayudó el hecho de nunca haber cambiado mi firma. Cuando fui a sacarme la cédula, en mi adolescencia, mi abuela logró que la señora de la bodega me enseñara a dibujar mi nombre. Y así lo hice aquella vez. Y así lo hice cuando firmé el certificado de defunción de Facundo. Lo mismo con los papeles de venta de la casa y el carro y de la compra del apartamentico en Caracas y después con cada contrato de trabajo y para abrir la cuenta, mi primera cuenta, en el banco. En cada una de esas ocasiones, la persona que me recibía los papeles veía aquella letra de niña y se fijaba en la pulpa temblorosa de mi labio superior. De inmediato se le aflojaba la mirada, intentaba una sonrisa y componía ese gesto que parecía decir:

«–Entiendo todo lo que te ha pasado».

Y la verdad es que así las cosas se me hacían más fáciles.

El resto del tiempo era invisible. Al menos, hasta que me arreglé los dientes y empecé a sonreír. Fue cuando descubrí que, además de inteligente, yo era bonita. No sé cómo, pero el rumor se regó en mi trabajo. Era una empresa que ofrecía servicios de limpieza. Tanto en la sede central como en las compañías donde nos asignaban, una ola de atención me embargó. Los vigilantes, las ascensoristas, los compañeros de servicio y hasta los altos ejecutivos, empezaron a saludarme, a aprenderse mi nombre («sí, Fania, como el sello discográfico») y a sacarme conversación.

Nunca supe quién fue ni cómo se enteró, la verdad es que tampoco importa, pero alguien contó mi historia. Sí, yo era muy guapa, amable y despierta, a pesar de que no sabía leer. ¿Fania no sabe leer? ¿Cómo es posible? ¿De un pueblito de oriente? ¿Chaguarancal? No me suena. ¿Viuda, además? ¿En un accidente durante el paro petrolero? Qué tragedia. Pobre mujer.

Fue por ese entonces que «los intelectuales», así los bauticé, empezaron a caer como moscas.

Se me acercaban de a poquito y cuando agarraban confianza me expresaban su estupor por mi historia. «Estupor». Esa fue la palabra que utilizó el primero de ellos. «Y admiración», agregó.

Estupor, ¿por qué? Admiración, ¿de qué? Nunca lo supe.

Me invitaban a un café y yo les decía que prefería una cerveza. Íbamos a una tasca y me confesaban que querían enseñarme a leer, o pagarme los estudios y cosas por el estilo. Yo les respondía que estaba bien así. A la tercera cerveza me preguntaban si quería ir a algún lado a bailar. Yo les decía que el nombre me lo había puesto mi padre, un trompetista, fanático de la salsa, de quien apenas tenía recuerdos y que no me gustaba bailar. Al rato, se dejaban de tonterías y terminábamos en un hotel. No todos servían de mucho, pero yo igual la pasaba bien. La mayoría estaban casados o tenían alguna novia. Como en los días siguientes yo no daba muestras de ningún interés particular, no tenían de qué preocuparse. Además, por supuesto, estaba el asunto de mi secreto. Esos hombres eran tan tontos que sentían que se habían aprovechado de mí.

Lo cierto es que en el transcurso de unos pocos años, en las distintas compañías a las que iba a limpiar, me terminé acostando con buena parte de los directores, gerentes y hasta socios de esas empresas. Creo que entre ellos sabían lo que pasaba.

Un tiempo después, cuando ya trabajaba para la editorial Alma, apareció Philip Rossen. Felipe, le llamaba yo.

A la editorial había llegado, de forma temporal, enviada por la compañía de limpieza. Hasta que un día el señor Villa, el dueño, me sorprendió pidiéndome que trabajara solo para ellos. Me ofreció un contrato fijo y un sueldo más justo. Allí me hicieron sentir como en casa. No había muchos hombres con los que enredarse y de todas formas tampoco estaba interesada. No sé si fue la estabilidad de tener al fin un contrato fijo, o que ya había cumplido los treinta, pero empezó una etapa tranquila de mi vida.

Una mañana noté una agitación rara en las oficinas de la editorial. Esperaban la visita de un gran escritor, que tenía varios años fuera del país y había regresado. La secretaria me señaló el gran retrato que, desde siempre, o, al menos, desde que yo estaba ahí, dominaba la recepción. Un rostro ceñudo, con unas tupidas cejas que contrastaban con una calva rotunda y «una imponente nariz judía». Así le escuché decir a alguien una vez refiriéndose a él. Era la foto de Philip Rossen, el escritor estrella de la editorial.

La señora Carolina, la mano derecha del señor Villa, me pidió que dejara impecable la sala de reuniones. Esa sala era lo último que yo limpiaba cada día antes de marcharme. De todas formas, fui hasta allá y pasé un trapito por encima. Luego, me fui al sótano, donde estaba el depósito de los libros, para empezar mi jornada, yendo de abajo hacia arriba, como siempre hacía.

Cuando volví a la planta principal, no se veía a nadie excepto a la recepcionista, que hablaba por teléfono. Escuché un ruido de voces y risas que provenían de la sala de reuniones. La puerta de la sala se abrió de repente y se asomó la señora Carolina.

—Fania, ¿puedes preparar un cafecito?

—Ya mismo —le dije.

Preparé una jarra de café y lo llevé en una bandeja. Toqué la puerta y entré. Lo hice sin ver hacia los lados, saludé con un gesto de vaca y dejé la bandeja en medio de la mesa.

—Ya sé cómo vamos a resolver esto —dijo de pronto una voz que yo no conocía. Era, por supuesto, la de Felipe. Fue verlo y sentir que el estómago me revoloteaba y que las piernas se me iban.

—¿Usted cómo se llama? —me preguntó.

—Fania, para servirle.

Pensé que iba a hacer el comentario que siempre hacía la gente sobre mi nombre, pero no dijo nada de eso.

–Estupendo, Fania. Tenemos aquí un problema. No nos decidimos por el título de mi nueva novela. ¿Cuál le parece mejor?

Había dos hojas impresas frente a él. A un lado, había un montón más grande, que supuse era la novela.

El señor Villa y la señora Carolina hicieron un amago, para aclarar la situación, pero yo me adelanté y sin dudarlo señalé la hoja que estaba a mi derecha.

Felipe se quedó viendo aquello, un poco contrariado, hasta que al fin dijo:

–Caramba, yo prefería la otra. Pero la suerte a través de su inocente mano, estimada Fania, se ha puesto del lado de mi amigo Villa. Así que ese será el título de la novela y no se diga más.

Al día siguiente, al mediodía, me llegó un ramo de rosas blancas a la oficina. «Para Fania de Philip Rossen, con gratitud», me leyó la recepcionista la tarjetica que traía. Era evidente que le habían contado lo mío justo después de que yo abandonara la sala de reuniones. Me podía imaginar la vergüenza de aquel señor tan simpático y tan importante.

Al final de la tarde, cuando salí de la oficina, un carro se paró a mi lado.

–¿Qué hiciste con las rosas?

Era él.

–Las dejé. No me puedo llevar eso en la camionetica.

–Debí suponerlo.

–No hay problema. Más bien gracias, señor, no hacía falta.

Me ofreció la cola, pero ese día no llegué a mi apartamentico. Me llevó a cenar a un restaurante muy bonito y muy rico y terminamos en su casa.

Nuestra relación duró un par de años, como mucho. Nos veíamos bastante las temporadas en que él estaba en Venezuela. Nunca me presentó a nadie como su pareja, pero tampoco me ocultó de nadie. Todos en la editorial sabían lo nuestro.

Al señor Villa, por supuesto, aquello no le gustó nada. Jamás llegó a decirme una palabra al respecto, pero yo se lo notaba en su cara, en el modo en que cambió su trato conmigo. Aunque Felipe me juró y me volvió a jurar que no, supongo que ellos dos habrán tenido esa conversación. Quizás Felipe le puso alguna condición y por eso no perdí mi trabajo. No lo sé. También estaba el hecho de que esa novela a la que yo le escogí el título le fue muy bien. De hecho, fue la obra más exitosa de Felipe. Y lo convirtieron en un ritual. Cada vez que en la mesa de edición y en la sala de reuniones tenían dudas con algún título, imprimían las dos opciones en sendas hojas y me llamaban para que yo escogiera. Esto que cuento fue más o menos por la época del Mundial de fútbol de Sudáfrica y a los muchachos les dio por decir que yo era más efectiva que el pulpo Paul, el pulpo aquel que predecía cuál equipo iba a ganar.

Yo me reía. La verdad es que el asunto tenía su gracia. Pero más risa me daba que creyeran que acertaba por simple adivinanza. Desde que había entrado a trabajar allí, aprovechaba cuando limpiaba el depósito para llevarme libros. De uno en uno, claro. Tampoco es que lo hacía siempre. Así descubrí que me gustaba leer y fue así que armé mi primera biblioteca, que después tuve que regalar cuando me fui para Medellín.

Todo el mundo quería saber de nuestra relación. Tanto en la oficina, aunque ellos tampoco me decían nada, como los amigos de Felipe. Al parecer, el que un escritor tan importante, que además pertenecía a una familia adinerada, tuviera de amante a una muchacha de limpieza, una pobre cachifa a la que le llevaba treintaicinco años, había provocado un escándalo en los círculos donde se movía él. Me imagino las cosas que habrán dicho de mí. Yo igual no me enteraba de nada.

Ahora que el verdadero Felipe ya no está y que yo me fui de Venezuela, puedo contarlo. De asuntos de la cama no pienso hablar. Eso cualquiera se lo puede inventar según sus gustos. A mí me gustó Felipe por su guapura, por su carácter, por su modo de tratar a la gente. Por aceptarme como yo era, tal como creí alguna vez que Facundo había sido conmigo, antes de descubrir que tenía otra mujer y otra familia.

Veo que escribir sobre por qué las personas se enamoran no tiene mucho sentido. Quizás porque las palabras, al final, siempre hablan de lo que puede ser dicho. Si yo pudiera expresar sin palabras lo no dicho entre Felipe y yo, eso que no nos decíamos y que nos unía, yo podría explicar nuestro amor. Pero como esto es imposible, toca decirlo y desbaratarlo.

Felipe supo desde la primera noche que yo sí sabía leer. Nunca me lo dijo ni yo lo reconocí. Y como en el tiempo que estuvimos juntos no cambié mi actitud, él tampoco cambió la suya. A eso me refiero cuando digo que él me aceptó. Él aceptó que yo viviera como si fuera una analfabeta y yo acepté que él me leyera sus manuscritos. Así como también acepté su versión de la historia, aunque tampoco fuese verdad.

Felipe tenía una tristeza constante en la mirada, por algo que le había pasado cuando era muchacho. Era un secreto que sabían sus amigos, familiares y la mayoría de las personas con las que trataba. Un asunto de drogas, relacionado con el secuestro de su hermanito menor y que terminó en desgracia. El secuestro lo perpetraron los amigos de Felipe y aunque los reportajes de la época insistían en que él también había participado, lo negaba. O, más que negarlo, decía que no recordaba nada. De modo que era un secreto a voces, que lo concernía a él pero al cual él no tenía acceso.

Era una sensación rarísima cada vez que salía el tema. Y en los últimos meses, no dejaba de salir. Se había propuesto escribir un libro sobre su caso, el famoso caso Rossen. El libro que, en las conversaciones y chismorreos, sus supuestos amigos estaban esperando que escribiera. Claro que, y esto solo yo lo sabía, precisamente ese era el único libro que no era capaz de escribir. Y no por falta de ganas o por miedo. Es que cuando hablaba de eso, a poco de empezar, la mirada se le quedaba como perdida, como esa ruedita que aparece en la pantalla de mi computadora cuando se queda colgada. Era una sensación muy rara.

Pasó el tiempo y se murió Chávez, después llegó Maduro, vinieron las protestas, mataron a ese pocotón de muchachos, vino la hambruna y la gente empezó a huir despavorida. Un buen día, el señor Villa nos anunció que, después de más cincuenta años de existencia, la editorial Alma cerraba. Él y su familia se iban del país.

De Felipe no llegué ni siquiera a despedirme. Digo, que cuando nos despedimos lo hicimos sin la conciencia de que aquella sería la última vez que nos veíamos. Recuerdo que ya no contestaba mis correos ni mis mensajes. Hasta que un día alguien, tal vez de su familia, me respondió informándome de que Felipe estaba enfermo y que no lo molestara más. Fue la señora Carolina la que me dio los detalles. A Felipe le habían diagnosticado Alzheimer. Supongo que todavía vive, porque no ha salido nada en la prensa. Aunque sí me ha sorprendido comprobar que fuera de Venezuela no lo conocen. Cada vez que entro a una librería, aquí o en Bogotá, me hago la tonta y pregunto por sus libros. Digo que es un escritor muy conocido y que deberían tenerlos.

De mí, poco más queda por contar. Sobre este trecho tan importante de mi vida, si tuviera que resumirlo, diría que todo lo que he contado hasta ahora fueron los años en que, a la par que vivía, iba aprendiendo a vivir. Fueron los años en que aprendí a leer y a escribir.

Si Felipe pudiera leer esto, me tacharía la última frase, para evitar la rima. Odiaba las rimas, el pobre.

¿Para quién escribo esto, entonces?

Hace una semana, cuando caí en cuenta de que se me venía la fecha encima, me propuse sentarme ante la computadora cada día, a recordar y contar mi historia. Y ahora siento un temblor raro en el pecho, de dolor y alegría, al ver que justo el día de mis cuarenta años al fin he conseguido algo que con mucha fuerza había deseado.

Hoy no pienso responder el teléfono ni salir a la calle. Solo quiero imprimir estas páginas que a nadie importan y que a nadie voy a mostrar. Las leeré en voz alta, de principio a fin, como un regalo de cumpleaños. Esta vez, por una vez, solo para mí.

Me encontraba lidiando con el infierno de mi divorcio cuando supe de la muerte de Ka. Se había arrojado desde las alturas del edificio de oficinas del Centro Comercial Los Chaguaramos, donde estaban las aulas del postgrado de literatura de la Universidad Central. Lo hizo tal como lo había anunciado, de una forma u otra, en los poemas de su único libro. Fueron sus amigos, en distintas publicaciones en las redes sociales, quienes señalaron el signo fatal.

Para mí, Ka fue algo más que una alumna y algo menos que una amiga. La Escuela de Letras se prestaba para este tipo de atolladeros sentimentales. El pasillo de aulas era ese lugar donde las edades y el tiempo chocaban a cada instante, mezclándose y renaciendo en brotes que heredaban un dejo amargo y dulzón. Había un grupo que me veía con discreta admiración. Aunque yo había atravesado la frontera que separaba sus pupitres de la cátedra, seguía siendo uno de ellos. Incluso, en las noches solíamos encontrarnos en los mismos bares. Y había otro grupo para quienes esa cercanía resultaba molesta y no me tomaban en serio.

Ka pertenecía a este último grupo.

Existían, además, las diferencias políticas. Ka era una militante radical de la revolución y se movía en los espacios de la universidad, por tradición refractaria al gobierno, como un pez arisco. En mis clases, mataba el aburrimiento garabateando cosas en su cuaderno y solo levantaba el rostro cuando yo atinaba a mencionar algún poeta de su preferencia: Alejandra Pizarnik, Hanni Ossott, José Antonio Ramos Sucre o el Chino Valera Mora. En esa galería de poetas malditos reposaba un indicio. En el momento no lo vi así. Insisto, yo no era amigo de Ka. Solo era un profesor muy joven, que venía de ganar algún premio en el circuito literario local y que publicaba artículos ocasionales contra el gobierno.

Yo no le importaba tanto como para llegar a despreciarme. Creo que se trataba más bien de un recelo de clase: universitaria, literaria y política. Supongo que yo expresaba a pesar mío una reticencia parecida. Un no bajar la guardia y mantener cierta distancia, lo que no impedía la cordialidad. Y, sin embargo, en medio de la bruma, latía una lucecita, ahí, agazapada. Como diciéndonos que de pronto en otra vida, o en otro país, o en el mismo país, pero en otras circunstancias, tal vez.

La prueba llegó una noche, un par de semestres después. Fue en el bar Moulin Rouge, donde se presentó Autopista Sur, una banda de rock de corta vida conformada por músicos de la Escuela de Letras. Allí, acabado el toque, mientras campaneaba el último cubalibre, coincidimos en una mesa de asientos altos. No recuerdo qué nos dijimos. En medio del ruido y el cansancio de la hora nuestras manos se tocaron. En realidad, fueron nuestros pulgares. Y allí se quedaron unos segundos de más, las dos huellas jugando a memorizarse o a borrarse. Se impuso el silencio. Luego Ka se levantó para buscar a alguien. Yo me terminé el trago y me fui a casa.

Lo siguiente que recuerdo sucedió durante la semana del estudiante, uno o dos semestres después de aquel concierto. Yo formaba parte del jurado que debía elegir a «La novia de Letras». El concurso era una versión doméstica de los de belleza que se suelen ver en la televisión. Desde el principio, supe por quién iba a votar. Daniela era hermosa, inteligente y con una chispa que hacía que el sentido del humor de los demás llegara con unos segundos de retraso. Fue la única candidata, además, que se tomó aquel concurso como lo que era: un juego. El otro incidente destacable lo protagonizó una candidata que aprovechó la ronda de preguntas para denunciar el machismo de los concursos de belleza. Y no fue otra sino Ka, cuyo vestido de gala consistió en un mono rojo de mecánico y unas botas de lluvia.

En la ronda de deliberación, de forma muy sutil logré inclinar los votos de los demás jueces hacia la candidatura de Daniela y así ganó.

En su último semestre como estudiante, Daniela cursó un seminario de crítica literaria que yo impartí. Cuando terminó el semestre, la invité a salir. Nos enamoramos y al año nos casamos.

El matrimonio fue en julio y los primeros meses controlamos con buen pulso el brío de nuestra felicidad. En diciembre fuimos a Maracaibo a pasar las navidades con su familia. Media hora después de habernos dado el abrazo de año nuevo, a Daniela la llamaron por teléfono. Su hermano estaba en el hospital general. Él y dos de sus primos habían salido en el carro a festejar. Justo antes de llegar a la casa de un amigo, sin saber por qué, los habían abaleado desde un carro que venía en dirección contraria. El hermano de Daniela se había salvado de milagro. Solo tenía algunos raspones y cortadas provocados por el choque y las esquirlas de los vidrios destrozados. Juan, quien iba al volante, murió de inmediato. Mientras que Tony, que iba en el asiento trasero, había recibido un disparo en una pierna.

Al regresar a Caracas, Daniela empezó a tener ataques de pánico. Le sobrevenían en plena calle porque sentía que alguien vendría a dispararle. O en la tranquilidad de la casa, donde el silencio se le hacía insoportable. Contacté con una psiquiatra que le diagnosticó un síndrome de estrés postraumático. Inició una terapia acompañada de ansiolíticos, pero a las dos semanas de tratamiento, sin avisarme, tomó un autobús hacia Maracaibo. Necesitaba comprobar en persona que su hermano estuviera bien. A los dos días regresó, más calmada. Sin embargo, pronto recomenzaron los ataques y las fugas imprevistas. A veces llegaba hasta Maracaibo. Otras, se arrepentía a mitad de camino, se bajaba donde pudiera y buscaba la manera de regresar a Caracas. Volvía muy de noche, con los ojos rojos y el rostro estragado por el llanto, pidiéndome perdón.

Esta situación se prolongó un tiempo más hasta que la terapia hizo su efecto. O quizás fueron las conversaciones telefónicas diarias con su hermano que le insistía que todo iba a estar bien. Daniela no tenía cabeza para buscar un trabajo, pero decidió inscribirse en un gimnasio. También retomó el contacto con varias de sus amigas de Maracaibo que vivían en Caracas. No obstante, noté que algo fundamental había cambiado. Daniela no soportaba que la tocara. Ni con confianza ni con ternura. Por alguna razón, su nuevo equilibrio parecía requerir mi lejanía tanto como los *burpees* y el acento marabino.

En ese entonces recibí, al fin, una buena noticia. Me habían aceptado en el programa de escritura creativa de la Universidad de Iowa como escritor invitado. Se trataba de una residencia que duraría tres meses, entre finales de agosto y principios de noviembre. Esto fue una válvula de escape para toda la tensión acumulada y Daniela y yo nos pudimos acercar otra vez. No como estábamos antes de la tragedia del año nuevo, pero sí lo suficiente como para afrontar con optimismo el tiempo que íbamos a estar separados.

A Iowa me llevé los primeros capítulos de una novela que esperaba adelantar en esos tres meses de frenética escritura. Al menos, así lo había planeado. Solo que, cuando tienes todo el tiempo del mundo y las mejores condiciones para escribir, lo último que haces es escribir. En todo caso, eso fue lo que me sucedió a mí. Lo único que hice esas semanas, además de participar de la convivencia con los otros escritores del programa en un estado constante de indiferencia, fue leer como un poseso y pensar en mí. En quién era yo y qué quería. En mi relación con Daniela. En mi trabajo como profesor, que cada vez se me hacía más pesado. En la rutina asfixiante que era vivir en un país sin futuro que se deslizaba hacia el desbarrancadero. En cómo ordenar mi existencia para poder concentrarme en las dos únicas cosas que de verdad me importaban en la vida: escribir bien y amar bien a mi mujer.

Daniela y yo hablábamos todos los días. Solíamos terminar nuestras sesiones por Skype con lágrimas y mocos de pura impotencia por no poder atravesar la pantalla. A mitad del programa estaba previsto un viaje de tres días a

San Francisco. Estando allí conversamos menos. No solo porque el ritmo de las actividades no me lo permitía sino porque compartía la habitación del hotel con otro escritor. De regreso en Iowa, las conversaciones continuaron, pero ya sin lágrimas. Yo me fui liberando de la cárcel en la que me había encerrado y empecé a disfrutar de la compañía de los otros escritores, a interesarme por sus historias, que era también la historia de sus países, tan distintas a la mía. Daniela, por su parte, se había inscrito en clases de boxeo y había hecho un grupo de amigos en el gimnasio en el que estaba un reguetonero muy famoso y que yo, por supuesto, no conocía.

Me mandó una foto. Ahora hablábamos más por Whats-App. Salía Daniela junto al cantante. Este era más bien pequeño, delgado y con los brazos llenos de tatuajes. Tenía un bigote que lo hacía parecer sobrino del doctor José Gregorio Hernández. No era la imagen que yo me hacía de un reguetonero. Daniela mostraba una sonrisa inmensa, como si no pudiera contener la risa. La misma que no contuvo en el concurso de «La novia de Letras» cuando contestó a la solemne pregunta del jurado. Parecía otra vez la de antes. Parecía estar de vuelta.

A la noche siguiente, al final de varias rondas de tragos en el *common room* del Iowa House Hotel, donde solíamos reunirnos a veces, me acosté con la escritora de Namibia.

El romance duró las tres semanas finales de la residencia. Antes de repatriarnos, el programa contemplaba un último y breve recorrido por Chicago y Washington. Desde ahí tomaríamos un autobús hasta Nueva York y luego cada quien se dispersaría hacia su destino.

El vuelo a Venezuela se me hizo corto, pero llegué extenuado. Aunque no escribí una sola página rescatable, aquellos tres meses en el *midwest* norteamericano me habían servido para tomar la decisión de abandonar mi trabajo como profesor en la Escuela de Letras y dedicarme por completo a la escritura. Lo que no entendía era por qué había sido necesario engañar a Daniela para decidir eso. Por más que tratara de justificarme, no había manera de que esa traición encajara dentro de mis nuevas resoluciones de vida.

En el taxi que me condujo de noche desde el aeropuerto de Maiquetía hacia Caracas, cabeceando de sueño, leí por última vez los mensajes de «Namibia». Debía borrarlos antes de llegar a la casa.

Al entrar al apartamento, vi que Daniela había adornado con globos de colores la sala. Esbocé mi mejor sonrisa para no arrodillarme a sus pies e implorarle perdón, pero cometí un error garrafal: esquivé su boca y le di un beso en la mejilla.

–Es que tengo mal aliento –le dije. Y era la verdad.

Creo que en ese segundo Daniela comprendió que yo no era quien ella había creído que era. Yo todavía tardaría unos meses en entender lo mismo.

Me despojé de la maleta, el morral y la ropa y me metí a bañar. Al salir de la ducha, Daniela tenía mi celular en la mano y me preguntó quién era «Namibia». Pasamos el resto de la noche discutiendo y llorando. En la mañana, Daniela recogió sus cosas y se marchó. Fue mi turno en la desesperación. Pasé los siguientes meses sufriendo ataques de pánico y un insomnio feroz.

Como teníamos tan poco tiempo de casados, había que firmar una separación de cuerpos que al año se verificaría para formalizar el divorcio. El día de la firma fue la última vez que la vi. Por esa misma época, me reuní con Vicente

Lecuna, por entonces director de la Escuela de Letras, para anunciarle que aquel iba a ser mi último semestre como profesor. Ambas separaciones me estaban machacando el alma, cuando vino la noticia del suicidio de Ka.

¿Por qué me afectó tanto? Tardé años en comprender esta pregunta. A medida que me iba enterando de los escabrosos detalles, comenzaron a emerger los recuerdos y a ordenarse con esa rigurosidad que solo otorga la muerte. Me vino a la memoria un viaje a Mérida en el que coincidí con Ka, que iba acompañada de su madre. Durante el trayecto hubo un problema entre el chofer del autobús y una alcabala de policías. A todos nos hicieron bajar y abrir los equipajes. No encontraron nada sospechoso pero los oficiales insistían en una supuesta irregularidad. Querían sacarnos plata como fuera. Cuando se percataron de la situación, Ka y su madre se atravesaron en medio de la carretera, paralizaron el tráfico en protesta y lograron que la policía nos dejara continuar en paz.

Otro recuerdo. Una noche, al terminar las clases, encontré a Ka e hicimos juntos el camino que conectaba la Escuela con la estación de metro de la Ciudad Universitaria. Aproveché para felicitarla por el premio de poesía para autores inéditos de la editorial Monte Ávila, que ella había ganado unos meses antes. Le prometí buscar el libro. Ella hizo un mohín.

–Salió con algunos errores –dijo.

Durante el proceso de edición había surgido un «contratiempo». El corrector, que también había sido estudiante de Letras, no completó su trabajo pues se había suicidado arrojándose a las vías del metro.

Lo contó sin traslucir mayor emoción.

Después, empujado quizás por la memoria de aquel viaje accidentado a Mérida, se me ocurrió preguntarle por su madre.

–Murió de cáncer.

Lo dijo con la misma impavidez con que acababa de contar lo del corrector suicida.

De aquella conversación guardé el sinsabor de mi impertinencia y el escalofrío de la dureza de carácter, casi inhumana, de Ka.

Al dejar mi puesto como profesor, comencé a trabajar a destajo para algunas editoriales. En paralelo, contacté a varios conocidos que me pudieran ayudar a postularme a un máster de escritura creativa de alguna universidad de Estados Unidos.

Un día recibí una llamada de un abogado que me informaba que podía pasar por su oficina en Chacao para buscar mi copia certificada del acta de divorcio. Sin darme cuenta, ya había transcurrido un año. No sé por qué, pero me había hecho a la idea de que Daniela y yo nos volveríamos a ver para firmar algún documento o algo por el estilo. Imaginaba la escena como en una película en la que los dos protagonistas se despiden conmovidos, pero sabiendo que es lo mejor. Al final de esa semana, yendo hacia la oficina, reelaboré la escena: el abogado con gesto adusto entregándome la copia del acta y, antes de marcharme, un sobre pequeño.

–Un mensaje de la señorita Daniela.

Pero esto tampoco sucedió. De hecho, no me recibió el abogado sino su secretaria, quien me entregó un sobre de manila.

Otro contratiempo me daría la oportunidad de arreglar ese final. Sucedió unas semanas después cuando se conoció la noticia de la extrañísima muerte del reguetonero Yan-Z, quien al parecer se había suicidado lanzándose por el balcón de un piso diez, después de haber matado a su mejor amigo por un asunto de dinero. Al ver la foto, lo reconocí.

Marqué el número de Daniela, sin saber muy bien qué le iba a decir.

–¿Qué quieres? –me dijo. Estaba llorando.

–¿Estás bien?

–Ahora no puedo hablar –respondió y trancó.

Aturdido, solo atiné a revisar su Instagram. Y ahí vi la foto. Daniela y Yan-Z, besándose en la playa. Salía de espaldas, pero era ella.

Alguien de la Escuela me comentó que la relación de Daniela con el cantante tenía ya un tiempo. No supo precisar, y yo tampoco, si había empezado mientras yo estuve en Iowa o después, cuando nos separamos.

De los diez años siguientes hay poco que contar. Obtuve la beca en la Universidad de Columbia y me convertí en un escritor que, sin llegar a ser millonario ni mucho menos, vive de su escritura. Esto hubiera sido imposible sin Jackie, que me salvó del desastre y me enseñó que el amor, en el fondo, es una lección rotunda, simple y en absoluto tormentosa. El verdadero drama es que la mayoría de la gente ni siquiera tiene la oportunidad de aprender esa lección, pero esa es otra historia, una parecida a la que desde entonces he tratado (y no he podido) contar.

Cada vez que lo intentaba, me quedaba en blanco. Aunque parezca insólito, no ha sido sino hasta hoy, que Jackie se ha marchado a Boston con los niños para que pasen una temporada con sus abuelos, que he reparado en el dato revelador: la simetría escalena de los tres suicidios.

Sé que podría aprovechar la soledad y el silencio de mi casa estos días para construir una trama que anudara los hilos y así inventarle un sentido a lo que no lo tuvo. También sé que en condiciones como estas no surge nada. Si acaso, literatura. Imágenes falsas y narraciones vaporosas que no resuelven el enigma de por qué algunas personas se suicidan y otras no. O por qué algunas historias de amor se acaban de golpe y otras sobreviven muchos años, antes de un final que en cualquier caso siempre es triste, como un postre cuyo azúcar no disimula la amargura de los plazos vencidos.

Para Caneo Arguinzones (1987-2014)

—ACOMPÁÑAME A ALMORZAR y te enseño a caminar en tacones –dijo Edith.

Adriana se puso roja y comenzó a voltear hacia los lados. Sentía que todo el mundo la estaba mirando. Por fortuna, el sombrero era tan grande que le cubría el rostro.

Edith la tomó de un brazo y bajaron con cuidado la rampa de entrada (o de salida) de la Escuela de Letras.

Me trata como si fuera mi madre, pensó Adriana. Aquello le molestó, pero solo un poco.

Adriana no sabía mayor cosa de la vida de Edith. Era una señora que aparentaba unos cuarenta y cinco años, pequeña, de una hermosa cabellera negra que apenas mostraba las primeras canas.

—No me gusta comer sola –le dijo, cuando ya estaban sentadas a una mesa del cafetín.

Desde la terraza contemplaban el paisaje de las piscinas. El equipo de waterpolo, a lo lejos, y más cerca, dos clavadistas primerizas, que tentaban los dos trampolines bajos, dando pequeños saltos.

Adriana puso su sombrero en la mesa. Cuando llegó el mesonero para colocar el servilletero y la sal y el aceite, este le pidió que por favor lo acomodara en una de las sillas.

–¿De dónde sacaste eso? –preguntó Edith, después de que ordenaron la comida.

–¿No te gusta? Soy fan de Audrey Hepburn.

–Se parece al de Speedy González.

Qué ignorante, pensó Adriana. Aunque sabía que nunca más se volvería a poner ese sombrero.

Permanecieron calladas y Adriana supuso que era normal. ¿De qué podían hablar una señora de cuarenta y cinco (quizás cincuenta) años y una muchacha de dieciocho? En la Escuela de Letras se daban esos cruces de edad, que a ella le parecían como atascos en la autopista.

–En Puerto Ordaz, me llevaba el desayuno al negocio para no tener que comer sola en mi casa. Claro que, también, terminaba desayunando con los borrachitos y las prostitutas que salían a esa hora.

Edith tuvo una ferretería en la calle Los Llanos, en pleno centro de Puerto Ordaz. Enfrente de su local quedaba el supermercado San Tomé, el más grande de la zona, lo que le insuflaba a esa parte de la ciudad un gran movimiento durante el día. Al atardecer, la calle empezaba a cambiar, con esa velocidad imprecisa que adquiere el rostro de una mujer cuando se maquilla.

En esa época, la ciudad aún era relativamente pequeña y la mayoría de los bares importantes (de acuerdo a los distintos apetitos) se encontraba en la calle Los Llanos. A la izquierda de la ferretería estaba el «Rossi Bar» y a su derecha estaba el bar «La Estrella». De ambos antros emergían, entre las seis y las siete de la mañana, borrachos, prostitutas, chulos, mesoneros, porteros, vendedores y consumidores de drogas. Fardos que la última noche entregaba al sol, para que la luz del día y los vientos de la costa restañaran sus heridas.

Todos conocían a Edith y a todos ella les dedicaba una parte de su tiempo. A veces la sobremesa del desayuno se prolongaba y los primeros clientes del supermercado San Tomé alcanzaban a contemplar aquella escena que parecía salida de una película de Buñuel (*Viridiana*, por ejemplo, que solo vería muchos años después durante su primer semestre en la Universidad) o de Pedro Almodóvar (*Tacones lejanos*, *Todo sobre mi madre* y, en realidad, el resto de su filmografía, que vería en los semestres siguientes).

Anselmi, dueño del San Tomé, estaba convencido de que esas «meriendas de canallas» (como las llamaba) las hacía Edith a propósito, por aquel litigio interminable que mantenía con Assanti, el padre de ella, por la propiedad de los terrenos donde se construyó el supermercado.

El viejo Assanti tenía muchos años viviendo en Caracas y le dio a su hija, como regalo de bodas, la administración de la ferretería de Puerto Ordaz. El novio de Edith era un ingeniero que había conseguido trabajo en Sidor, en medio de los cambios que se estaban dando por la privatización de la siderúrgica, con un paquete de beneficios muy prometedor.

—El hombre me salió muy malo. Ni siquiera fue capaz de darme un hijo. A los cuatro años nos divorciamos. Estuve en Puerto Ordaz durante trece años. Ahí aprendí a bandearme completamente sola. O casi –dijo Edith, llevándose un pequeño trozo de milanesa a la boca.

Edith no recordaba cuándo Carolina comenzó a frecuentar la ferretería. La había visto protagonizar una que otra pelea callejera, con botellas partidas, sangre y vestidos desgarrados. A veces Carolina le pedía para completar la botella de aguardiente que iba escanciando a lo largo de la jornada, tomando pequeños y continuos tragos. En algún momento, se incorporó a los desayunos y entonces Edith pudo conocer algo más de ella.

Hubo un día en que Carolina apareció más temprano. Estaba sentada en la acera del negocio, como esperando que Edith abriera. Edith le ofreció un café y le preguntó:

—¿Qué te pasó?

—El hombre mío. Se pierde una semana y después llega como un demonio, pidiendo cuentas.

Carolina tenía la boca partida y un moretón en uno de sus ojos.

—¿Y por qué sigues con él? Para estar así es preferible andar sola.

—Eso nunca. Cualquier cosa es mejor que estar sola.

Edith sacó una arepa que traía en un papel de aluminio. Carolina extrajo una bolsita de papel, grasienta, de su cartera y comenzó a masticar con lentitud su empanada.

Se quedaron calladas mientras el mundo se acomodaba. El embrague brusco de una camionetica, una Santamaría que sube o baja con estruendo, un yesquero que enciende al tercer intento. Esos sonidos eran los ajustes de último minuto, nerviosos, antes de que se corriera el telón del día.

—¿Y esas bellezas? —preguntó Carolina, con los ojos de pronto encendidos.

—Me los regalaron. Quiero ver si les puedo cambiar el tacón, porque son muy altos.

—¿Qué importa que sean altos?

–Que si me caigo me mato.

–No les cambies los tacones, sería una pena. Yo te enseño a usarlos.

Edith dejó de hablar. Adriana observó los rasgos tan marcadamente italianos de Edith. Parecía una de esas bellas actrices de reparto de *El Padrino* (también era fan de Al Pacino). No lo había notado hasta ahora. De hecho, no había notado casi nada de sus compañeros de clases, ni siquiera de los personajes de los libros que leía, ocupada como estaba en no caerse desde sus altos tacones, coordinando el vuelo del sombrero con la falda demasiado corta y las piernas demasiado largas.

Edith parecía encerrada en aquel paréntesis y Adriana volteó a ver lo que sucedía. Los muchachos de waterpolo estaban afuera de la piscina. Algunos bromeaban cerca de la tribuna principal, persiguiéndose y golpeándose con la toalla. Otros, la mayoría, se habían acercado a la piscina de clavados para contemplar el espectáculo (o la tragedia).

Las dos muchachas estaban brincando al mismo tiempo en sus respectivos trampolines. Una subía mientras la otra bajaba, como un tiovivo. O como las teclas de un piano que probaban los primeros acordes de un pasodoble. La imagen, al principio, fue divertida. A medida que fueron ganando altura, a medida que los rostros de las muchachas mudaban la risa hacia una mueca que parecía de miedo, la escena ganó en tensión. El sonido de los trampolines se impuso sobre todos los demás y los presentes esperaron en silencio.

Uno de los muchachos del waterpolo hizo el amago de acercarse a ayudar. El entrenador, un hombre mayor, de piel bronceada y prominente barriga, sobre la que reposaba en ángulo inclinado un silbato, lo detuvo con el brazo.

Las muchachas continuaron con los saltos unos segundos más, ganando cada vez más altura, hasta que una de ellas (Adriana después no recordaría cuál) tomó un último impulso, en el ascenso arqueó el cuerpo y culminó el salto con un clavado casi perfecto. De manera simultánea, la otra muchacha, como jalada por una cadena invisible, hizo el mismo movimiento que su compañera y entró en el agua unos segundos después, límpida.

Una salva de aplausos recibió a las clavadistas cuando emergieron del agua y salieron de la piscina.

–Vamos –dijo Edith, después de pagar la cuenta.

Fueron hasta el acceso a las piscinas, una larga rampa que después conducía al edificio de Comunicación Social. Estuvieron toda la tarde subiendo y bajando la rampa, Edith enseñándole a Adriana los secretos de ese engranaje en apariencia tan simple (talón, punta, talón, punta), cuyos efectos en una vida podían ser definitivos.

En los descansos, Edith retomaba la historia de Carolina. Adriana se esforzaba por mitigar el sonrojo y el sudor prestando atención a lo que Edith le contaba, pero no era fácil. Sabía que las estaban observando. Incluso, llegó a reconocer a uno de sus compañeros de clase, deteniendo la marcha solo para ver qué estaban haciendo. Por eso solo recordaba la historia de una manera borrosa, como un sueño.

Adriana recordaba, o creía recordar, la sorpresa de Carolina al descubrir que los zapatos le quedaban perfectos. También veía (o le parecía ver, ya que ella nunca había estado en esa ciudad) el amanecer en Puerto Ordaz, los colores alisándose en esa franja que comparten el mar y el cielo, limpiados de brumas como por una mano gigantesca y hacendosa. Vio la larga caminería del malecón (aunque en Puerto Ordaz no hay ningún malecón parecido) que se iba transformando, con cada paso de Carolina, en una pasarela. Los transeúntes que se detenían para entender el prodigio de aquella mujer maltrecha, una prostituta más golpeada al amanecer, convertida de pronto en una Miss Venezuela.

Adriana tomó esta imagen como por el brazo y empezó a caminar con seguridad y con gracia. Edith la veía ir y venir desde arriba, asintiendo, con la satisfacción de una madre. Después descendió hasta donde estaba Adriana, al final de la rampa.

–Haz un último viaje –le dijo.

–Ok –dijo Adriana.

Hizo perfecto el camino de subida. Al llegar al descanso, dio la vuelta como una modelo y comenzó a bajar, contenta, contoneándose, saludando a un público imaginario. A la mitad del recorrido, pisó mal y cayó de culo. Permaneció en la misma posición de cervatillo, despatarrada. Primero, para cerciorarse de que nadie la había visto caer. Luego, con una vergüenza total, cuando comprendió que Edith no se iba a mover ni pensaba ayudarla.

Adriana se puso de pie, se limpió el polvo de la falda y llegó hasta donde la esperaba Edith, con pasos temblorosos.

–Y supongo que al final, le regalaste los zapatos –dijo Adriana, como si nada hubiera pasado.

–Sí, se los quedó.

Carolina, literalmente, detuvo el tráfico con su caminar, mientras probaba los zapatos. Y de uno de los carros que se detuvieron a verla, se bajó un hombre, que, por el modo tan familiar que tuvo de golpearla, solo podía ser el hombre de ella.

El hombre la llamó puta de mierda, la abofeteó, la agarró por el pelo y la tiró al suelo. Y una vez en el suelo, le dio dos puñetazos y una patada.

El hombre se levantó, trastabilló con pasos ebrios hasta el carro, lo puso en marcha y arrancó con violencia.

–¿Y tú qué hiciste? –preguntó Adriana.

–Nada. En esos casos, nadie puede hacer nada –dijo Edith.

–¿Y ella?

–Se levantó, se acomodó el vestido y el cabello y se fue. Cojeando, adolorida. Se fue caminando, con mis zapatos puestos, alejándose por el malecón hasta que se perdió de vista. No la volví a ver.

Regresaron a la Facultad de Humanidades. Adriana tenía que esperar para ver una clase a las siete de la noche. Edith ya se marchaba a su casa.

–Gracias –dijo Adriana, en el portón de la Facultad.

–Tranquila. Solo recuerda una cosa: una mujer puede no tener hijos o puede no saber caminar en tacones. Pero las dos cosas no.

Adriana se la quedó mirando, esperando que agregara algo.

–¿Entiendes lo que quiero decir? –dijo Edith.

–Sí, claro.

Adriana subió por la rampa, con una puntada de dolor en la cadera, coordinando los movimientos, en cada pie una clavadista arriesgándose al salto perfecto.

En el pasillo, conversando con un profesor, estaba el muchacho que unas horas antes se había detenido a observarlas.

No había manera de no pasar frente a él.

Adriana tomó aire y caminó lo mejor que pudo. Cuando estuvo cerca, lo vio sonreír. Volvió a escuchar las palabras de Edith y pensó que (quizás) sí había entendido lo que ella le quiso decir.

Para Judith Assalone

ESTIMADOS COMPATRIOTAS:

Antes que nada, reciban un saludo bolivariano. En vista de los últimos acontecimientos, he decidido redactar esta carta, quizás la última, para contar de mi puño y letra lo que subyace a la injusta persecución de la que estoy siendo objeto. Si esta misiva llegara a ver la luz pública, significará que los tentáculos podridos de la Revolución me habrán alcanzado. Para no callar, ni siquiera después de muerto, escribo.

Quisiera comenzar por decir que el «Canto a la pedofilia» no es, evidentemente, un poema del que me sienta orgulloso. Ese texto no lo volví a incluir en ninguna de mis antologías posteriores. Ni siquiera en la edición especial que editó el MinPopoCuLo, el Ministerio del Poder Popular para la Cultura Local, en ocasión del homenaje que se me rindió durante la quinta edición del Festival

Mundial de la Poesía (un millón y medio de ejemplares distribuidos gratuitamente a través del sistema de escuelas revolucionarias, donde todavía hoy, espero, es un libro de lectura obligatoria).

Otro aspecto a tomar en cuenta es el contexto histórico, político y social de ese poema, que ningún crítico literario marxista digno de ese nombre debería soslayar. El *Canto…* fue escrito en julio de 1968, en París, cuando las brasas del Mayo Francés aún no se habían apagado del todo. Entre las muchas batallas que Jean-Paul Sartre, Simone de Beauvoir y otros ilustres intelectuales protagonizaron, una de las más encendidas fue la de la libertad sexual. Yo recuerdo haber escuchado a un profesor en el College de France disertar sobre parafilias y estereotipos, invitándonos a repensar la pedofilia como una categoría burguesa que solo buscaba arrebatarle a los púberes el magisterio de sus cuerpos y sus deseos. Explicado así, a más de medio siglo de distancia, por supuesto parece una locura. Sin embargo, creo que era un modo de decirle a los más pequeños que aquella era también su revolución.

Dicho esto, paso al punto verdaderamente delicado. Quiero dejar en claro que la publicación de aquellos versos primerizos, cuyos excesos y afán de *épater* deben ser comprendidos en su contexto original, nada tienen que ver con mi reciente destitución como representante de la Revolución ante la UNESCO, aquí en París, Francia. En absoluto.

Antes que una causa, el desafortunado reflote de aquel pecado de juventud es una consecuencia de mi caída. Los buitres de la oposición y, debo decirlo con pesar, los cuervos del propio proceso revolucionario, no han tardado en hurgar en los archivos para hacer de mí no solo un supuesto traidor a la patria, sino, además, un viejo pervertido. Por fortuna, siempre he sido una persona intachable. Y los treinta y cinco años de matrimonio con mi amada Ernestina, que Dios tenga en su gloria, y mis tres hijos, Víctor Hugo, Rubén Darío y Silvio Pablo, así como mis cinco nietecitos, dan fe de mi condición de hombre de familia. No por falsas, sin embargo, son menos hirientes estas calumnias que desde hace una semana, cuando se hizo pública la noticia, han estado circulando en esa cloaca que ahora llaman «redes sociales».

El motivo real de mi ostracismo es otro. Ya hablé de *carmen*, de mi poema, mi karma. Ahora voy a hablar de mi error.

Siempre he odiado los disfraces. Hasta su muerte mi madre recordaba el desplante que le hice cuando, a los cinco años de edad, me negué a ponerme un costosísimo, y muy mono, según ella, disfraz de Tarzán que me compró para los carnavales. Se imaginarán la contrariedad que supuso para mí recibir la invitación para asistir a la fiesta de disfraces con que el Comandante quiso celebrar en el Palacio de Miraflores los primeros veinte años de la Revolución (la fecha del alzamiento histórico coincidía ese año con el Carnaval. Luego me enteraría de que aquello había sido idea de la primera dama, una mujer vulgar e histérica).

Era imposible no asistir. Cancillería había hecho venir a la capital a lo más graneado del cuerpo diplomático, así como a los agregados culturales, tanto de nuestro país como de otras latitudes, para los fastos de la fecha patria. La fiesta de disfraces era un evento exclusivo para el círculo más íntimo del Comandante. Recibir la invitación constituía, por lo tanto, un honor. El problema es que, como lo especificaba la tarjeta, el uso de disfraz era obligatorio. ¿Qué ponerme?

Me encontraba en el estudio de mi departamento en Caracas. Mi mirada vagó, perdida, en mi escritorio. Al igual que el camarada Vladimir Ulianov, me pregunté «¿Qué hacer?». Fue entonces que reparé en el busto de mi bien amado poeta que cargo siempre conmigo, no importa donde vaya (incluso aquí me contempla, en este refugio desde donde escribo). Solo necesitaría mandar a hacerme una toga romana con una buena tela, buscar dos broches dorados y unas ramitas de olivo. Lo más difícil fueron las ramitas. Al final, me tuve que decantar por una improvisada corona de eucaliptos. Y así, ataviado como el inmortal Plubius Ovidius Naso, me dirigí al palacio de gobierno.

Antes de salir de casa, tomé la precaución de llevar una pequeña maleta con ropa normal. No podía descartar que aquello fuera una zancadilla de alguno de mis enemigos, o, todo hay que decirlo, una de esas bromas de mal gusto con las que el Comandante se solazaba de vez en cuando a costa de la humillación de sus más fieles. Sin embargo, cuando un Donald Trump vestido con una librea de lacayo me abrió la puerta de la limusina, respiré aliviado. Pensé, incluso, que hasta podría terminar siendo una velada divertida. Pero, ya se sabe, *Vivit et est vitae nescius ipse suae*.

No me interesa hacer aquí una crónica de *societé*. Ya con las noticias y chismes que han trascendido a los medios cualquiera puede hacerse una idea general. Solo puedo confirmar algunas cosas y matizar otras. Por ejemplo, sí es cierto que el Comandante fue disfrazado de Simón Bolívar, pero no que cargara con la espada del Libertador. Se trataba de una réplica. Al parecer, también es cierto que uno de los vicepresidentes asistió disfrazado de Manuelita

Sáenz, la amante del Libertador, pero fue obligado a retirarse por la primera dama quien, como era de esperar, portaba el mismo disfraz. Esto sucedió poco antes de que yo llegara, de modo que no puedo asegurarlo por completo. Sí noté cierta tensión en el ambiente, pero lo atribuí al hecho de que por lo menos cinco ministros se habían disfrazado del Mariscal de Ayacucho, Antonio José de Sucre, lugarteniente y amigo íntimo de Bolívar.

A pesar de que era una reunión exclusiva, había mucha gente. Al menos para mi gusto. Además, estaba la música de la orquesta, las fuentes de comida, los mesoneros llevando y trayendo cantidades obscenas de alcohol. El Comandante y su esposa recibieron a los invitados, pero después no se les vio juntos. Ella estaba demasiado ocupada con sus amigas y los invitados internacionales, entre los cuales había gente de la televisión, cantantes de reguetón, empresarios y un par de célebres *influencers* (tengo entendido que así les dicen. Cada día es más difícil luchar contra el neocolonialismo lingüístico del imperio yanqui).

El Comandante, por su parte, anduvo recorriendo los círculos de personas, imitando las maneras cortesanas que, más allá de los campos de batalla, también hicieron famoso al Padre de la Patria. No obstante, el efecto era más bien el de un general pasando revista a sus tropas. Quizás en esto influyó que se hiciera acompañar durante toda la velada por uno de sus enormes escoltas cubanos disfrazado de Pedro Camejo, aquel brioso esclavo que comenzó peleando para el bando realista y que luego formó filas en el ejército patriota bajo el mando de José Antonio Páez, convirtiéndose en una de las primeras lanzas del llano. De allí el sobrenombre con que ha pasado a la historia, después de morir en la batalla de Carabobo el 24 de junio de 1821:

Negro Primero (me veo obligado a esta breve acotación histórica en vista de la indigencia educativa promedio de mis congéneres).

El Pedro Camejo que acompañaba al Comandante debía de medir como dos metros. Llevaba la pañoleta distintiva del personaje, así como la casaca roja y los pantalones cortos blancos. Estos forraban unas piernas que parecían de granito. Iba descalzo. Los pies eran enormes, con esa línea fascinante que divide el color negro de la piel de los negros del color más bien claro de las palmas y de las plantas. No se me escapó un detalle: la perfecta pedicura de sus pies. Por si esto fuera poco para llamar la atención, portaba, además, las armas de rigor: en una mano, una lanza de su misma estatura, que le servía de báculo; y en la otra, un machete que daba escalofríos con solo mirar la hoja afilada, pulida y curva, que reflejaba al pasar las sombras de los demás invitados y las luces del salón, como un espejo traicionero.

Aquello fue demasiado. Esperé a que un mesonero me trajera una copa de vino y busqué refugio en una pequeña biblioteca en donde solía meterme siempre que iba al Palacio de Miraflores y debía hacer tiempo entre una reunión y otra. En realidad, se trataba de una antesala apertrechada con una selecta colección de libros antiguos, en la que nadie se detenía y en los que nadie, tampoco, reparaba. Contaba, además, con un comodísimo sillón Voltaire. Me costó un poco dar con el camino, pero finalmente lo hallé. Y aquí sucedió algo extraño. Yo, que tenía bien revisada esa biblioteca, encontré un libro que no había visto allí antes: un tomo de la Biblioteca clásica de Gredos que reunía varias obras de Ovidio. Feliz, ignorante de mí, con aquellas coincidencias, me dispuse a leer a Ovidio disfrazado de

Ovidio. Busqué una página al azar y caí en la escena del banquete y los adúlteros, en la primera parte de *Amores*, que conocía bien y que degusté como un vino aún más exquisito que el que contenía mi copa:

«¿De modo que tendré yo que contemplar a la mujer que quiero tan solo como un invitado más?, ¿va a ser otro el que sienta placer de tus caricias? ¿Calentarás el regazo de otro sometida a él en perfecta avenencia?, ¿será él quien eche la mano sobre tu cuello cuando quiera?».

Eso fue lo último que recuerdo haber leído. Después me quedé dormido.

Cuando desperté, no pude precisar cuánto tiempo había pasado. Sí noté de inmediato que todo estaba más oscuro y no se escuchaba ningún alboroto. La fiesta parecía haber terminado. Azorado por la situación, tratando de apurarme mientras al mismo tiempo se me enredaba la toga en los pies, quise regresar, pero, como sucede en los cuentos de los hermanos Grimm, no hallé el camino y así se cifró mi destino.

A esa hora y por los nervios, todas las salas me parecían igual de sombrías. No entendía cómo no me tropezaba con ningún guardia o edecán que me guiara hasta alguna salida. ¿Estaría mi chófer todavía esperándome? Abrí una puerta, que daba a un largo y angosto pasillo, al final del cual refulgía una luz. Lo recorrí con tiento y esperanza. A medida que me acercaba a la fuente de luz detecté unas sombras en el piso, como piedras en medio de un estanque. Cuando vi que eran prendas de ropa, escuché los primeros murmullos y gemidos. ¿De verdad estaba sucediendo aquello? ¿Estaba yo de verdad metido en una situación como esa? No sé si fue el efecto del vino, o de las impresiones de aquella pérfida noche, pero tuve una revelación.

No podía ser casualidad nada de lo que había pasado. Mi disfraz, el libro, aquel preciso pasaje. Ahora me parece absurdo, pero en ese instante no tuve dudas. Al asomarme encontraría a los adúlteros: la mujer del Comandante y alguno de sus aduladores acompañantes. Bien administrada, aquella información me podía elevar aún más en la estima del amadísimo líder.

Me acerqué con todo el cuidado del mundo y me asomé. (En este punto, ya el lector, mucho más sagaz que yo, habrá comprendido lo que vi. Debo consignarlo de todas maneras. La amenaza de revelarlo es mi única garantía de vida en estos momentos. Y contarlo es el objetivo de esta carta). El recodo final del pasillo daba a una pequeña habitación. Allí vi a Simón Bolívar arrodillado ante Pedro Camejo, hurgando entre su bragueta y solazándose con, ¿cómo decirlo?, ¡oh, musas!, la réplica del machete de Negro Primero.

PS: El guardaespaldas cubano fue apresado en Miami hace un par de meses. Al parecer, consiguió un trato con el gobierno de Estados Unidos a cambio de información. La mirada que cruzamos esa innoble noche selló mi destino. Así empezó mi calvario: no con aquel poema de juventud sino con este error de mi vejez. Como sé que no me van a creer cuando les diga el nombre, consigno como documento adjunto a esta carta una copia del pasaporte del pervertido y soplón. Responde al nombre de José del <u>Carmen</u> Aparicio Ayagual. Lo subrayo y lo repito en letra de molde DEL CARMEN.

PS2: A diferencia de mi ilustre antecesor romano, cuyo busto observo hoy como si fuera un espejo, no pienso arriesgarme rogando por un perdón que nuestro César nunca me otorgará. Sería invocar un castigo que, en mi caso, no se limitaría a un exilio en Tomis, sino que se extendería a la persecución y la muerte. No me toca a mí comprender el fenómeno de lo que ese otro ilustre colega llamaría las vidas paralelas de Ovidio y este servidor. Sin embargo, este tiempo de encierro me ha permitido releer toda mi obra y los ecos con el gran autor de *Las metamorfosis* son flagrantes. No hay que descartar la metempsicosis. Pero este será un mérito, otro más, que me negarán los bárbaros tanto de la oposición como de la Revolución.

La frase es de Roque Dalton. Pertenece a una crónica titulada *La noche que conocí a Régis* y dice así:

«Y de pronto me vi el alma canosa de treinta y un años casi acariciando las bufandas de su retiro praguense y me sentí en alguna manera cómplice con una forma de tener una edad que no podía ser conscientemente la mía».

Dalton habla de la vejez, de ese instante irrepetible en que un hombre entrevé sin ninguna distorsión su propia senectud, la lenta aceleración hacia la muerte. Aunque el texto fue publicado en la revista *Casa de las Américas* del mes de agosto de 1968, Dalton hace referencia a una noche de otro agosto, de 1965, cuando conoció a Régis Debray en el apartamento que Oswaldo Barreto tenía asignado en Praga.

Recalar en este texto hoy, 31 de julio de 2012, día en que cumplo treinta y un años, basta para pensar en el asunto con algo de método: sentarse a pensar escribiendo.

Ayer mismo mientras veía a Julia mirar la televisión, me puse a tararear en mi cabeza, a preguntarle en silencio: «*will you still need me, will you still feed me, when i'm 64?*».

Cuando Julia y yo tengamos sesenta años, nuestro amor habrá alcanzado sus respectivos treinta dos años. Solo entonces nuestro amor, como un ser independiente, distinto de nosotros y de los hijos, podrá comenzar a pensar en su propia vejez, en si llegará y cómo llegará a los sesenta y cuatro, cuando los cuerpos y el amor igualen el paso para enfrentar juntos la disolución.

Pero yo no quiero pensar en estas cosas. Yo quería pensar y recordar la tarde noche del 28 de septiembre del año pasado cuando sostuve una larga conversación de más cinco horas con Oswaldo Barreto.

Me encontraba en la fase decisiva de la biografía que estaba escribiendo sobre Darío Lancini. Oswaldo Barreto, antiguo militante del Partido Comunista, exguerrillero, profesor universitario, escritor, agudísimo crítico y asaltante de aviones, había sido uno de los grandes amigos de Darío Lancini. Yo estaba recogiendo diversos testimonios, pero hasta el momento me había tropezado con la irreductible sutileza con que Lancini había decidido tentar al mundo. Puras anécdotas evanescentes, cascarones de perplejidad. Cuando contacté a Barreto para pedirle cita, tenía las expectativas bajas, estaba preparado para salir de su casa y tirar la toalla.

El encuentro fue mágico, hizo posible el libro y produjo un cambio importante en mi vida.

Habíamos quedado a las cuatro de la tarde en su casa, un apartamento en la avenida Cajigal de San Bernardino. A las cuatro en punto, en la puerta del edificio, lo llamé. Me atendió un poco azorado. Venía saliendo de la estación de Metro de Bellas Artes, la más cercana a su casa.

–Habíamos quedado a las cinco –dijo–. ¿No?

–A las cuatro entendí yo –dije.

–Ya voy subiendo, llámame en un rato.

Pensé que el encuentro no se iba a dar. La avenida Cajigal no ofrecía ningún café para matar el tiempo, ni siquiera un banquito o una sombra donde detenerse. Comenzaron a caer las primeras gotas de una lluvia personal. El cielo permanecía azul, el calor no cedía.

Bajé hasta la plaza La Estrella y al lado de un kiosco de periódicos encontré un muro bajo las ramas de un árbol de cachitos. Saqué un libro y me dispuse a esperar que dieran las cinco.

A las diez páginas, escuché un frenazo, un cornetazo y un reclamo. Era Oswaldo Barreto que manoteaba el parabrisas de un taxi que no le había cedido el paso. Cargaba con dos bolsas de mercado que jalonaban su marcha hacia abajo, llevaba puesto un gorrito persa y una camisa tejida. Los pantalones eran joviales y anchos.

Se le veía herido en algún costado por el tráfago caraqueño. El candado blanco de la barba, cierta hidalguía de los gestos, me hicieron recordar al Barón de Münchhausen. Al menos, el de la versión de Terry Gilliam en las primeras escenas, cuando irrumpe, derrotado, en un teatro donde se falsea su vida.

Me vio y siguió caminando, pero incluyéndome en su andar, como si hubiéramos quedado no a las cuatro ni a las cinco en la puerta de su edificio, sino en el conciliador punto medio de las cuatro y treinta y a mitad de camino.

El apartamento era pequeño y de techos altos. Dos fotos grandes de Jean-Paul Sartre y Simone de Beauvoir presidían una de las columnas. Las paredes estaban cubiertas por la trepadora de los libros y por cuadros que no identifiqué. Como si de una encarnación se tratara, dos gatos se refugiaban en distintos rincones de la sala, cada uno metido en sus propios pensamientos, pero íntimamente ligados, cual Sartre y de Beauvoir.

Pero aquello fue solo un efecto de la decoración, porque los gatos se llaman Cynthia y Freud.

—Cynthia por la cantante turca Cynthia Gooding. Bellísima mujer, con una voz exquisita. Nombre que ha resultado oportuno pues ella es toda una dama —dijo Oswaldo.

La gata, de un gris turquesa, se montó en una de las sillas altas de la cocina y ronroneó.

—Freud, por su parte, también hace honor a su nombre: el sexo ante todo, para él.

No es esta la ocasión de volver a reconstruir el grueso de la conversación de esa tarde, el relato de la noche en que Barreto, acompañado de Dalton, conoció a Louis Aragon. Eso ya está narrado en la biografía, así como las secretas conexiones entre esa escena y la vida de Lancini. Me interesa, en cambio, referirme a una anécdota que surgió casi al final de la velada, que Oswaldo me indicó expresamente transformara en un cuento y cuyo título debía ser «La vejez».

El 18 de septiembre de 1975, cuando cumplió cuarenta y un años, Oswaldo Barreto recibió uno de los regalos más hermosos que le habían dado en su vida. Una camisa de seda. La más elegante y delicada camisa de seda que sus manos habían tocado.

Apenas unos meses antes, el 10 de mayo, Roque Dalton moría ajusticiado, al parecer por una facción del Ejército Revolucionario del Pueblo, en El Salvador, acusado de ser un infiltrado de la CIA. Le faltaban cuatro días para cumplir los cuarenta años. Alcanzar los cuarenta y uno fue, para Barreto, el aval de la sobrevivencia. Barreto supo ese día que le tocaría el destino más exótico para un hombre de acción: envejecer. Supo que la muerte de Dalton, su hermano en combatividad y poesía, lo impulsaría hasta el final de la historia.

La camisa se la regaló la madre de Mariana, la que era entonces su novia.

–Debe haber tenido la edad que yo tengo ahora –dijo Oswaldo.

A la semana siguiente, fue hasta la tienda por departamentos donde la señora le había comprado la camisa. Habló con el dependiente y la cambió por otra camisa, un pantalón y dos pares de zapatos. Todas las prendas eran de buen gusto y más económicas.

Días después, Mariana lo llevó a casa de su madre para almorzar. Oswaldo se pertrechó con el botín repartido que obtuvo por la camisa de seda. Su mujer saludó a la madre y se fue directo a ayudar en la cocina. Él quedó a solas con la señora y como si fuera un maniquí, posó ante ella para que apreciara la vestimenta.

–¿Qué pasó con la camisa de seda? –le preguntó.

–La cambié por todo esto –dijo Oswaldo.

–¿Por qué hiciste eso? ¿No te gustó?

La respuesta de Oswaldo impidió cualquier reproche.

–Esa camisa era tan hermosa, señora, que para ponérmela hubiera sido necesario antes cambiar de vida.

La señora, que estaba al tanto de la revoltosa agenda de su cuasi yerno, comprendió lo que le quiso decir. Tanto así que selló el pacto con un beso.

–Me besó en los labios. Un beso largo y casto en los labios.

Un segundo después entró Mariana. Oswaldo miró a una y a otra, activando un juego de espejos que fracasó a los pocos segundos. Madre e hija no guardaban el más mínimo parecido.

–Supe que aquella relación no tenía futuro.

Treinta y seis años después, en su cumpleaños número setenta y siete, Oswaldo recibió un regalo que le hizo recordar aquel.

Se levantó un momento de la mesa y fue a la habitación a buscarlo. Para ese instante, ya habíamos dejado atrás los recuerdos sobre Darío Lancini y una botella entera de whisky. Iván Darío, el menor de los hijos de Oswaldo, apareció después con dos botellas de vino y se sumó a la conversa.

Se trataba de un bolso negro, pequeño y elegantísimo. Antes de traerlo, Oswaldo estuvo un buen rato tratando de describirlo. Era un bolso de esos chiquitos, buenos para llevarlos terciados, muy cómodos. Pasamos algunos minutos buscando la palabra *mapire* que se nos extravió por completo y que ahora, diez meses después, aparece en medio de la escritura. El bolso que le regalaron dialogaba con el espíritu del *mapire*, pero lo excedía en practicidad, calidad y belleza. Y así como se lo dieron decidió portarlo.

Fue en la taquilla del periódico *Tal Cual*, donde Oswaldo mantiene una columna que sale dos veces por semana, que le llamaron la atención por aquel regalo. La muchacha de la caja le preguntó qué hacía con ese bolso puesto:

–Un regalo. ¿No le parece bonito, acaso?

–Muy bonito. Demasiado bonito, señor Oswaldo. Ese es el problema. Tenga cuidado.

Entonces Oswaldo buscó el bolso y nos permitió apreciarlo. Al ver la chapa entendí todo: *Mario Hernández*. Valga la cuña para explicar el paso del tiempo en Venezuela. En los años cincuenta y sesenta se podía morir por los ideales. Ahora, la subversión consiste en portar determinada marca de zapatos, bolsos o teléfonos celulares y tentar la suerte.

Oswaldo Barreto, exguerrillero al fin, persigue el peligro en cualquiera de sus transformaciones. Lleva cruzado en el pecho, como si fuera una canana de revolucionario mexicano, su bolso, luciéndolo sin miedo. Pero la moraleja de la historia no es esta. La moraleja del cuento que él quería que yo escribiera es más superficial y al mismo tiempo más profunda:

–Ser viejo es aceptar cosas nuevas. Esto, en el sentido más materialista e histórico del término –dijo Oswaldo.

Iván Darío y yo celebramos la anécdota.

Sin embargo, yo me había tomado en serio el encargo y presté la excesiva atención que presto, nada placentera, cuando me siento al borde de una historia. Algo faltaba en el relato para poder escribirlo. Un algo que no podía venir de afuera sino del seno de la misma trama, pero que aún no se había revelado. Ese algo que he encontrado hoy como un espontáneo regalo de cumpleaños.

Dalton, en aquella crónica de una noche praguense de agosto de 1965, cuenta lo siguiente: «En casa de Osvaldo dormía un escritor francés. Su mujer, una muchacha venezolana que había estado en mi casa un día antes, cuando yo era simplemente un borracho lastimoso y urgido de caras nuevas, velaba su sueño emocionantemente. Osvaldo dijo: "Ahí donde le ves esa cara de niño, este tipo es el francés que más sabe sobre las guerrillas de América Latina"».

La muchacha venezolana era Elizabeth Burgos. Y el francés, Régis Debray. Esa noche tenían una cita en casa del camarada Pierre Hentgés, en la calle Lermontova. Asistirían Louis Aragon, Elsa Triolet y Lily Brick. Debray, al despertarse, entre despeinado y confuso, arremetió contra aquel compromiso. «¿Insisten, pues, en asistir a esos actos íntimos de la gran burguesía del Partido, de la gran putería intelectual de Francia, sentada con sus grandes nalgas en el pináculo del mundo, verbosa, didáctica, insoportable?», cuenta Dalton que les dijo Debray.

A partir de aquí, lo que parecía una crónica sobre la diáspora y la militancia se transforma en una serena, pero no menos implacable reflexión sobre la juventud y la vejez. Dalton recibe con indulgencia la iracundia de Debray («los jóvenes del mundo, bellos pumas que tiemblan de cólera») y también pacta con la sabiduría de los viejos. Quizás lo hace porque a sus treinta y un años, no se siente ni joven ni viejo. Quizás lo hace siguiendo el llamado insensato de conectar lo imposible, el pasado y el futuro, el sueño y la vigilia, el comunismo y la realidad. Ese interregno, ese presente que la mayoría asimila como una transición, es su estación definitiva. Allí se queda Roque Dalton, amarrado al paredón de su talante reflexivo, listo para morir y entrar en su forma particular de eternidad.

Es en las líneas finales del texto de Dalton donde encuentro la frase que Oswaldo Barreto encarnó: «Ser viejo es haber renunciado a eliminar una nulidad, prueba máxima de la más culposa sobrestimación».

Hasta aquí las citas. Ellas, junto al recuerdo de aquella inolvidable conversación, me han permitido identificar dónde estaba el núcleo de la historia. Al menos, de la historia que se me encargó, que es en cada momento el punto de roce con edades, estados de ánimo, experiencias que no son *conscientemente* los míos.

Ahora veo que el núcleo del cuento, su posibilidad, está en el beso de la señora. En esa puerta del tiempo que se le abrió a Oswaldo al ser besado por la madre de su propia mujer. Un beso materno, pero no en el sentido edípico que Freud, con suntuosidad gatuna, seguro hubiera recalcado. Un beso materno en el sentido del desamparo en que nos coloca nuestra persistencia, cuando nos volvemos hijos del pasado y nos dormimos al arrullo de los mejores recuerdos.

Pero yo no quería pensar en estas cosas tan tristes. Y menos en mi cumpleaños. Mejor dejo el asunto hasta aquí. Voy a encontrarme con Julia. A jugarme el futuro en sus labios.

DEL CADÁVER DE LA PALOMA solo quedaban las alas.

–¿Son las gaviotas, sabe?

Un barrendero se le había acercado sin que se diera cuenta y contemplaba junto a él los restos del ave. Era una mañana de domingo y a esa hora temprana no se veía a nadie más en la Alameda de Colón.

Parecían dos detectives contemplando la escena de un crimen.

–A veces las cazan en pleno vuelo y, ¡zas!, se las comen. Solo dejan las alas.

Con un movimiento automático de la escoba, el hombre barrió el amasijo de plumas y lo echó en el cesto de basura de su módulo rodante.

–¿Y recoge muchas?

–Unas diez, más o menos, cada día. Y no solo palomas. Tortolitas también y unos cuantos loritos. Que aquí los llaman «cotorras argentinas», vaya usted a saber por qué.

Es venezolano, pensó.

–Apenas ven salir el sol, se alebrestan y arde Troya –continuó–. Los turistas toman sus fotos. A la gente, en general, suele reconfortarle el sonido de las aves. Es curioso, ¿no? Es una masacre, pero nosotros la escuchamos como si fuera una melodía.

«Arde Troya», repitió para sí y entonces lo reconoció. Estaba calvo, con muchos años, arrugas y kilos encima, pero era él: el profe Castellano, que les dio Castellano y Literatura en el Liceo Caracas, hacía ya más de treinta años.

El hombre ahora lo observaba a él y le preguntó:

–¿Usted es de por acá?

–No –dijo.

Y se apresuró a aclarar:

–De Melilla.

Un brillo incipiente en la mirada del barrendero se apagó. Intercambiaron un «hasta luego» y siguió su camino en dirección al puerto.

Desde que habían cerrado la frontera con Marruecos, a causa de la pandemia, pasaba más tiempo en Málaga. Tenía un apartamento por la zona de El Perchel, que heredó de sus padres. Murieron con apenas un día de diferencia, en habitaciones separadas, sin saber del otro. El mismo protocolo sanitario del hospital le impidió visitarlos. Primero murió su madre y luego su padre. ¿O había sido al revés?

«Ou peut-être hier. Je ne sais pas».

Había sido el profesor Castellano quien les dio a leer los libros de Albert Camus. Cada año, su ritual de fin de curso consistía en leerles la carta que Camus le escribió a *monsieur* Germain, su profesor de literatura del colegio, cuando ganó el premio Nobel en 1957. El profesor Castellano se emocionaba hasta las lágrimas, que al final lograba reprimir con un puntual carraspeo. No agregaba nada más. Sus compañeros, ya acostumbrados, tampoco se preguntaban del porqué de ese ritual. Solo él había comprendido. Y el profesor Castellano lo sabía.

Fue por esa época que abrigó la esperanza de ser escritor. Había llenado las páginas de un cuaderno con historias y reflexiones a medio acabar, un batiburrillo fraudulento tomado de Camus. Nunca terminaba los textos pues siempre se distraía imaginándose, ya de adulto, ganando el premio Nobel de Literatura y escribiendo su respectiva carta de agradecimiento al señor Castellano por haber sido el primero en reconocer su talento, la marca que señalaba desde temprano su glorioso destino. Por supuesto, no se convirtió en escritor. Aquel fervor se deshizo cuando sus padres decidieron que debían mudarse a España.

Sus padres habían nacido en Venezuela, pero ambos eran hijos de inmigrantes españoles. Y cuando la situación empezó a ponerse complicada, decidieron que «era hora de regresar». Él asumió el cambio como había asumido cada uno de los acontecimientos de su vida: con indiferencia. Una impavidez tan constante que terminó siendo su único rasgo definido, como el perfil que adquiere una roca después de miles de años dejándose mellar por el viento.

A medida que la situación en Venezuela tomaba el giro previsto, sus padres se relamían y se desesperaban, como si estuvieran orgullosos y a la vez devastados por la exactitud del presagio. Él no los entendía. ¿Para qué se habían marchado del país entonces? Para ellos, emigrar había sido como comprar asientos en un lejano palco que les permitía contemplar la catástrofe al otro lado del Atlántico. Sus pasaportes españoles eran los prismáticos con que no perdían detalle de un hundimiento que, en algún sentido, era también el de sus propias vidas.

Él, en cambio, se olvidó de Venezuela apenas puso el primer pie en el avión. De hecho, podría jurar que no había sido hasta esa mañana en que se había reencontrado a su profesor de Castellano y Literatura convertido en un viejo barrendero en Málaga, que los recuerdos de aquella vida anterior lo habían visitado de nuevo. Y esto no quería decir que no supiera que el profesor Castellano era uno de los más de siete millones de venezolanos que habían emigrado en los últimos años. Él había seguido las noticias, pero los números, los reportajes y las imágenes de aquella tragedia tenían para él el mismo valor que el aumento o el descenso en la producción de aceite de oliva en Jaén, o que los daños y muertos causados por algún tsunami en Asia o que el récord de goles de Messi en el Barcelona.

Fue poner el otro pie en su país de acogida y adaptarse lo más rápido posible. Todavía hoy se sorprende de lo fácil que resultó. Su capacidad de mimetizarse con el entorno hizo de él el mismo muchacho simpático y querido por todos que había sido antes en Caracas. Cuando terminó el instituto, creyó que su futuro era convertirse en notario. Lo intentó un par de años hasta que se dio cuenta de que no bastaba con su sangre camaleónica para entrar en aquel mundo. Después, se decidió por Derecho. Y como si se tratara de una secuencia natural, al graduarse hizo las oposiciones para un puesto como funcionario en la oficina de extranjería en Melilla, donde los sueldos eran mucho mejores que en el resto de España. Y allí se instaló, digamos que para siempre.

Antes de cinco años logró comprarse un carro y un apartamento propio. Los sábados solía cruzar la frontera para comprar pescado, que allí era abundante, bueno y barato. Pronto conoció bien muchas playas de la costa de Marruecos que eran verdaderos paraísos y que no figuraban en ninguna guía turística. En esos viajes aprovechaba para agenciarse alguna prostituta y de vez en cuando algún muchacho. Despachaba el sexo con más paciencia que ardor y comenzaba a hacerles preguntas, muchas preguntas. Al principio, sus acompañantes se mostraban desconfiados, pero luego comprendían que era uno de esos hombres muy solos, inofensivos, que en el fondo solo quieren hablar. Las conversaciones se prolongaban hasta la madrugada. Siempre hacía las mismas preguntas y en idéntico orden. Las reacciones eran previsibles. Las historias también. No le interesaba lo que aquellas personas tuvieran que contarle. Lo que nunca dejaba de fascinarle era que el truco funcionara una y otra vez. ¿Cómo nadie se daba cuenta? ¿Cómo todos caían en el engaño? Bueno, todos no. La única persona que lo descubrió desde el principio fue su madre y por eso ella le tenía pánico.

A lo largo de las últimas tres décadas, sus padres se habían ido mudando por la Costa del Sol hasta llegar a Málaga. Desde que se independizó, él los visitaba un número exacto de días al año, llevándoles los mismos presentes en cada ocasión. Su padre agradecía aquella rutina como un perro viejo. Su madre, en cambio, se ponía nerviosa. ¿Continuaba con aquel régimen de visitas solo para convencerla de que estaba equivocada o lo hacía precisamente para confirmarle que aquel miedo inconfesable era real y así torturarla un poco? No lo sabía. Hasta las almas muertas escondían sus secretos.

¿Por qué no le había revelado al profesor Castellano quién era él? La respuesta más fácil sería que por ahorrarle al profesor el bochorno. La segunda respuesta más fácil sería que no lo hizo para limpiarse las manos de cualquier compromiso, de cualquier obligación de ayudarlo. Ninguna lo convencía. ¿Qué entonces? Unos segundos después, un leve rubor rozó sus mejillas. ¿Sería posible? ¿Vergüenza por no haberse convertido en un escritor? No digamos un Albert Camus sino un escritor a secas. El más mediocre, siquiera, pero escritor. Aguardó unos segundos, como hacía cuando creía que podría moverse algo allí dentro, pero no sucedió nada. Nunca sucedía nada.

Sin darse cuenta, sus pasos lo habían llevado hacia el paseo marítimo. Allí, levantó la vista hacia el cielo y vio a decenas de gaviotas dando vueltas. Emitían un gemido que podía ser el de un orgasmo o el de un grito de pavor.

Esa era una opción, pensó.

Imaginó la cara de pánico de uno de aquellos muchachitos marroquíes, las detonaciones interrumpiendo la conversación para siempre, sus propias palabras recogidas por la prensa.

«Ante la pregunta de por qué lo mató, el hombre, de nacionalidad española y nacido en Venezuela, respondió:

—No lo sé. Tenía calor».

Solo alguien como el profesor Castellano entendería el mensaje. Aunque, es probable, se horrorizaría. Aquella noticia no sería para nada lo que tenía en mente cuando les leía a sus estudiantes del Liceo Caracas la carta de Albert Camus a *monsieur* Germain.

Pero ¿cómo estar tan seguro?

Quizás el profesor Castellano recortaría la noticia del periódico y la guardaría entre sus pertenencias más queridas, que cabrían en una lata de galletas. Esas bagatelas que encuentra la policía cuando fuerza la puerta de un apartamento en el que el cadáver de su solitario inquilino, para consternación de los vecinos, ha comenzado a despedir el inconfundible olor. Cosas sin importancia, como aquellos cadáveres de palomas de la Alameda de Colón, que van a dar a la basura. Allí, donde el crimen y la belleza se suelen confundir sin distinción ni pudor.

Lo único que necesito para poder contar esta historia es que me crean cuando les digo que su protagonista se llama Juan Pablo Castel. Si creen eso no les costará creer lo demás.

Nadia se lo dijo a sus nuevos amigos durante la primera ronda de cervezas que compartieron en su primer semestre en la Escuela de Letras. Así, con nombre y apellido, con demasiado énfasis, por lo que todos asumieron que era una broma. Ella insistió en que ese era el verdadero nombre de su novio.

–Estás loca –dijo uno.

–¿No te da miedo? –preguntó otra.

–¿Miedo de qué? –dijo Nadia.

El grupo quedó en silencio, sus miradas traslucieron una patente incomodidad. Al escándalo inicial de ser novia de un muchacho llamado Juan Pablo Castel, se sumó uno mayor, ese sí, *imperdonable*: era obvio que Nadia no había leído *El túnel*, de Ernesto Sabato.

Nadia se sintió avergonzada. Luego, su propia vida (hasta cierto punto inseparable de la de Castel, *su* Castel) le enseñaría que en la literatura hay cosas más importantes que Sabato y que en la existencia hay cosas más importantes que la literatura. Y que las cosas verdaderamente imperdonables provienen de adentro.

Pero en aquella época (no solo me refiero a finales de los años noventa, cuando comienza esta historia, sino a cuando se tienen dieciocho años y se acaba de entrar en la Escuela de Letras) no haber leído a Sabato o no haber llorado a moco tendido viendo *El lado oscuro del corazón*, eran crímenes que dejaban en un segundo lugar a todas las María Iribarne del mundo. Entonces Nadia, esa misma semana, buscó y leyó *El túnel*.

Un paranoico, un loco, un pintor, un asesino. Así le habían descrito sus amigos al personaje que compartía el nombre con su pareja. Nadia leyó la novela, le gustó, pero no encontró el más mínimo parecido que le preocupara. Más allá de un par de coincidencias (Juan Pablo no era pintor, pero sí fotógrafo y lo había conocido en una exposición de su trabajo), no había nada del protagonista de *El túnel* en su novio. Las únicas cosas que no le gustaban de él, el consumo esporádico de drogas, un izquierdismo trasnochado y cierta holgazanería, acentuaban una diferencia de orígenes que a ella terminaba resultándole atractiva.

Nadia estudió en el colegio Humboldt, que es una de las mejores formas de obtener una buena educación y no conocer Caracas. Cuando le tocó escoger una carrera, ingresó en Cotrain, un instituto que a su vez era el camino más expedito para desaprender cine en Venezuela y volverse un drogadicto. Sin embargo, Nadia no percibía nada de lo malo que había a su alrededor. Su caso me hace pensar que el mal, el que proviene de afuera, tiene la misma condición ontológica que la religión: solo te afecta si crees en él, si al caminar descalzo por la tierra maldita las brasas se anudan con una llama interior.

La experiencia en Cotrain solo duró tres meses. Lo suficiente para darse cuenta de que lo suyo no era el cine y para hacer buenos amigos en el mundo de las artes visuales. Quizás fue durante esos meses cuando conoció a Juan Pablo Castel en una galería donde presentaban una panorámica de jóvenes fotógrafos.

Desde el principio quedó atrapada por sus ojos de un amarillo pálido y por cómo se veía el mundo desde su mirada: escenas cotidianas, con un fondo amenazante, pero apostando siempre a algo luminoso. Sus fotografías parecían afirmar que el mundo estaba condenado, pero el sol era una baratija por la que valía la pena entregar nuestras gemas más preciadas.

Se conocieron, hablaron, se gustaron.

—La semana que viene salgo para Mérida. Estás invitada —dijo Juan Pablo.

La semana siguiente, Nadia tomó la primera decisión arriesgada de su vida. Hizo maletas y se fue a Mérida. Estuvo allá cerca de cuatro meses, en plan *hippie*, viviendo en una casa en la montaña. El vino, el amor, las conversaciones cultas hasta la madrugada, fueron su estereotipada rutina. Un día, sus padres, al ver que la niña parecía alejarse definitivamente del terruño, le cortaron el flujo de dinero. Nadia, que siempre fue obediente, regresó a casa. Y Juan Pablo se vino con ella a Caracas.

A los padres de Nadia nunca les gustó el noviazgo con Juan Pablo. Veían en él todos los peligros y antivalores que mantuvieron al margen durante la infancia y la adolescencia de su hija. A pesar de esto, Nadia y sus padres jamás tuvieron nada concreto que reclamarle a Juan Pablo. Él siempre se portó con ella como un caballero, tratándola bien y amándola con un amor bueno. Si después de tres años terminaron su relación fue porque en el fondo Nadia aspiraba a todo aquello para lo que la habían educado: un trabajo estable, una perspectiva de futuro para construir a cuatro manos, hijos, un hogar. Entelequias desdeñables para un joven artista que quería cambiar el mundo.

Poco después, Nadia conoció al hombre que sería el padre de su único hijo. Manuel era un escritor fracasado. Nadia lo sabía y Manuel también. Sin embargo, Manuel persistía en la escritura como empujado por los designios de un oráculo defectuoso. Manejaba con bastante éxito un restaurante de comida italiana y por ello resultaba aún más absurda esa tozudez en prodigarse innecesarias decepciones. Dejando de lado esta extraña circunstancia, Manuel parecía tener esa porción de sensatez que las mujeres buscan en los hombres para enhebrar a través de ellos el tímido hilo de la vida. Sin embargo, faltando pocos meses para dar a luz, Manuel la abandonó.

Aquella fue la experiencia más dolorosa que le tocó vivir a Nadia. Se sentía la portadora hipócrita de un mensaje incierto. Estaba por afirmar de manera rotunda la existencia en el momento en que más dudas tenía sobre el sentido de las cosas. Luego tuvo a Marcelo entre sus brazos, vio lo hermoso que era, detalló la autosuficiencia de sus rollitos de carne y desaparecieron las inquietudes metafísicas.

Seis meses después del parto, Nadia empezó a retomar con lentitud algunos de sus pasatiempos, como ir al cine y tomarse un café con las amigas. También volvió a la universidad para averiguar los requisitos de reincorporación para el semestre siguiente. En uno de los pasillos de la Facultad de Humanidades se encontró a Juan Pablo. Se saludaron con el mismo afecto de siempre. Apenas vio a Marcelo, se le encendieron los ojos de alegría y de ternura. Lo cargó y anduvo con él todo el rato que estuvieron juntos. Nadia le contó lo que le había sucedido y Juan Pablo estuvo escuchándola en silencio. A partir de ese encuentro, volvieron a verse con regularidad, en plan de amigos. En este punto, Nadia me dice lo siguiente:

—Fue Juan Pablo Castel el que estuvo conmigo todo ese tiempo. Él fue quien de verdad me ayudó a pasar el trago amargo.

Juan Pablo Castel, me digo. Noto el mismo énfasis que le llamó la atención a los amigos de Nadia cuando escucharon aquel nombre. Veo con mis propios ojos a ese Juan Pablo Castel que una vez me presentaron, tomando de las manos a Marcelo en el pasillo de Letras y ayudándolo a dar sus temblorosos primeros pasos.

Veo todo esto y sigo pensando. Conozco, incluso, el final de esta historia que ya se acerca y aún no comprendo.

Los años pasaron y después de nuevas interrupciones y nuevos obstáculos, Nadia pudo culminar las materias en Letras. El día que le aprobaron el proyecto de tesis, el tutor le preguntó si ella conocía a Juan Pablo Castel. Nadia le dijo que sí y que, de hecho, habían sido novios durante un buen tiempo.

—Después, por cosas de la vida, nos separamos —agregó.

—Menos mal —le dijo el tutor.

–¿Por qué?

–Tú sabes, Juan Pablo es un tipo muy agresivo.

–Oye, no sé. Conmigo nunca fue agresivo.

–Juan Pablo está preso. Intentó matar a alguien. Y ahora está preso en Barquisimeto.

El tutor de Nadia trabajaba con la madre de Juan Pablo. Y así fue que pudo enterarse.

Poco a poco, la noticia se fue regando entre los amigos comunes. A Nadia le sorprendió la tranquilidad con que aceptaban lo sucedido. Recordaban, como si hubiese sido una tragedia anunciada, lo violento que era Juan Pablo, cómo podía transformarse en una furia en segundos por cualquier tontería.

A Nadia terminó por impactarle más esta reacción que la propia noticia. Releyó la novela de Sabato en busca de alguna respuesta. Esta vez le gustó menos, en especial por el paralelismo evidente entre la metáfora del túnel y su vida.

La historia de Nadia y Juan Pablo Castel termina con una conversación que, siguiendo la cláusula firmada por ustedes en el primer párrafo, también deben creer que es verídica.

En el mercado, o saliendo de un banco, o en los pasillos de un centro comercial, una mujer se le acerca a Nadia y la reconoce.

–¿Nadia?

–Sí, señora Mirta. ¿Cómo está?

Es la madre de Juan Pablo.

Segundos de silencio, de perplejidad, de no saber qué hacer.

La madre de Juan Pablo luce rota pero tranquila. Resignada, piensa Nadia. Sus ojos tienen el mismo color pálido amarillo. Una veta mínima, quizás un principio de cataratas o solo la tristeza, hace que sus ojos parezcan dos tizones recién apagados.

–¿Has sabido de Juan Pablo? –dice por fin la señora Mirta.

–Sí. Bueno, he sabido lo poco que me han contado algunos de sus amigos.

–Está preso, Juan Pablo. En Barquisimeto. Unos meses después de la sentencia tuvo unos brotes sicóticos. Le diagnosticaron esquizofrenia.

Nadia se quedó callada.

–Tú fuiste la única persona que Juan Pablo quiso de verdad, la única persona a la que él nunca tuvo la intención de hacerle daño –dijo al rato.

–Juan Pablo nunca me hizo daño –precisó Nadia.

–Lo sé. En el fondo, a mí tampoco. Fui yo la que le hice daño a él.

Nadia trató de decir algo. Una de esas frases de serie dramática que busca aliviar la culpa de algún personaje atormentado, pero no dijo nada. Mejor quedarse quieta, hasta que la sombra del mal pasara.

–Mi apellido tuve que dárselo –dijo la señora–. Su padre nos abandonó cuando yo estaba a punto de tenerlo.

Nadia pensó en Manuel, en «el pozo», a ella le gustaba más Onetti, en que la había postrado. Y en Marcelo, ese túnel de dolor que su hijo había labrado en su cuerpo para brindarle una salida. Pensó en Marcelo cargado por Juan Pablo.

–Pero el nombre sí fue mi culpa. Yo no tenía por qué haberle puesto ese nombre sabiendo además por qué lo hacía.

Eso dijo la señora Mirta, quien la miraba ahora casi rogando por una palabra, con el amarillo de sus ojos carburando.

Nadia le sostuvo la mirada unos cuantos segundos. De pronto sintió que un insólito calor le quemaba los pies, urgiéndola a moverse. Se le iban a soltar las lágrimas.

–Tengo que ir a buscar a Marcelo al colegio –dijo Nadia. Y se marchó.

PLAY

1

¿Saben ustedes qué es la porfiria? ¿Y las porfirinas?
¿Tampoco? No es grave. Lo que sí es grave es que ninguno
de los médicos que había examinado a Tobías Waldo Junior
lo supiera. Al menos, es lo que deduje de lo que me contó
su padre, el señor Tobías Waldo. Los médicos se habían
limitado a diagnosticar lo evidente: que el muchacho estaba
anémico.

–Debes salir de este cuarto, Toby. Necesitas respirar aire
libre, tomar un poco de sol, acompañar un rato a los demás
en la plantación –le decían.

Ninguno supo explicar las manchas que Toby tenía en la
piel. Unos círculos concéntricos que le brotaban de repente,
como si un ser de la cuarta dimensión apagara cigarrillos en
su cuerpo enclenque. Tampoco habían podido explicar los

vellos prominentes que le empezaron a salir en el rostro. Esto, además de los ataques de locura, fue lo que llevó al señor Waldo a empeñar su viejo reproductor de pódcasts para pagar la consulta de aquellos médicos que demostraron ser unos simples curanderos.

–Por cierto, ¿no tendrá usted uno que le sobre? –dijo el señor Waldo, señalando el minirreproductor que sobresalía del bolsillo derecho de mi pantalón.

Se trataba del *podcaster nano* 2019, que todavía funcionaba. Lo saqué y el señor Waldo me lo arrebató. Lo contempló con codicia un par de segundos y solo entonces dijo:

–Lo llevo al cuarto de Toby.

El apartamento quedaba en el centro de la capital de aquel pequeño país que hoy es conocido como El Cráter. La erupción del Monte Hamil, el volcán extinto (o que se creía extinto) que presidía la ciudad, junto a la explosión de unos secretos yacimientos de petróleo, había bastado para borrarlo del mapa. Cuatro ríos de lava y fuego emergieron desde el centro del volcán y atravesaron el territorio marcándolo como una cruz de Malta. Mucha gente murió, es cierto, aunque el setenta por ciento de la población de El Cráter no vivía allí al momento de la catástrofe.

Así como hay ciudades-dormitorios, El Cráter era un país-dormitorio. Era tan pequeño que incluso me atrevería a decir que era un país-duermevela. Un parpadeo entre la realidad y el sueño.

Ya veo que me he adelantado, amigos que me escuchan, y he terminado por hablar de El Cráter cuando de lo que se trata esta historia es del señor Waldo y de su hijo. Aprovecho para agregar un par de cosas.

Antes dije que el estallido simultáneo del volcán y del yacimiento de petróleo habían borrado del mapa al país.

Esto no es del todo cierto. De hecho, la catástrofe natural fue la que le dio a El Cráter un lugar visible en el mundo. Ahora era solo una cicatriz, pero era al menos una cicatriz conocida. Antes también mencioné la cruz de Malta. El Cráter tenía una población originaria mayor que la de Malta o la de Andorra y de todas formas no aparece en ninguno de esos reportajes que a veces se publican sobre los países más pequeños del mundo. En la tragedia de El Cráter murieron más de treinta mil personas. Como si dijéramos, la totalidad de la población de la Serenísima República de San Marino. Y nadie dijo nada. Solo en el círculo de especialistas de la Sociedad de países del Cuarto Mundo se conoció la noticia y se habló de las extrañas cosas que comenzaron a pasar, pero hasta allí llegó el asunto.

Volvamos ahora al apartamento del señor Tobías Waldo y su hijo.

No obstante, todavía me asalta otra duda. ¿Hablo primero de él, de Toby, o del decorado de su habitación? ¿No son acaso lo mismo?, pensaría alguien que conoce el final de esta historia. O alguien que adelante este pódcast hasta su final. Pero no quiero abusar de su paciencia, mis *podcasters*, mis «castores». Lo primero que me impactó fue la luz. En el recibidor del apartamento del señor Waldo la luz de la mañana inundaba cada centímetro del espacio. Sin embargo, al entrar en la habitación de Toby fue como descubrir el depósito donde se guardaba la noche. Y no solo la noche sino también la luna. Su habitación era una oscuridad densa con un solo punto de fuga: una luna llena, inmensa, que se veía a través de la única ventana. Tardé todavía unos segundos en darme cuenta de que se trataba de un póster. Aún no volvía de mi asombro cuando en medio de la oscuridad se movió algo como un batir de alas o el lomo de un animal desperezándose. Y entonces se iluminó otra luna, pero esta no era radiante y plena, sino marchita y con pelos colgando de su frente. Era Toby. Se había despertado.

—Tobías, aquí está el doctor Francis. ¿Puedes encender al menos la lámpara, por favor? —dijo su padre.

Toby obedeció y pude apreciar algo de la habitación en medio de la penumbra. Las paredes estaban cubiertas de pósteres que remitían a los hombres lobo: cómics, películas, grupos de rock, estampas del cuento de Caperucita y el de los Tres Cerditos. Variaciones de como Toby Waldo se veía a sí mismo. Yo lo vi de otra forma: un muchacho flacuchento, con una palidez verdosa, cabellos ralos que erizaban un cráneo excesivamente grande con respecto al cuerpo. Y los colmillos, por Dios. Dos colmillos prominentes. Lo recuerdo como una mezcla indecisa del Conde Drácula y el Hombre Lobo. Pero Toby no tenía ninguna duda: él era un Hombre Lobo.

La prueba definitiva eran unos parches de pelo muy negro y tupido, de dos o tres centímetros de diámetro cada uno, cuyo color y consistencia contrastaba con su pelo natural, más bien escaso, y de tonos claros.

—Un gusto conocerlo, doctor Francis —me saludó.

Me tendió una mano blanca, sudorosa, de reptil.

Estaba sentado detrás de un escritorio inmenso que dividía en dos aquella habitación. Al fondo, pegado a una esquina, había un catre. Lo que no estaba cubierto por afiches de hombres lobo estaba ocupado por pilas de cómics, libros, Blu-Ray, CD's, discos de vinilo y viejos almanaques del grupo Rammstein. De nuestro lado del escritorio, había dos sillas. El señor Waldo y yo nos sentamos.

–Supongo que viene a hacerme entrar en razón –me dijo–. ¿Es usted psiquiatra?

–No soy psiquiatra. Soy médico general.

Parecía decepcionado.

–¿Y en qué lo puedo ayudar?

–¿No le dijo su padre? –le pregunté.

El señor Waldo se apresuró a hablar:

–Claro que te conté, Toby. El señor es un científico. Viene de una sociedad muy importante –dijo, dirigiéndose a mí.

–La Sociedad de países del Cuarto Mundo. Esa sociedad existe, pero yo no pertenezco a ella, señor Waldo. Esa es la verdad.

El señor Waldo enrojeció y se puso de pie:

–Entonces, ¿quién es usted y a qué ha venido aquí?

–Soy médico general. Vine a El Cráter por curiosidad. Solo por eso.

–¡Ya sabía yo! –bramó el señor Waldo, sacando el *podcaster* y tendiéndomelo con gesto ofendido.

–Vine aquí por curiosidad… ya que aquí nació mi padre –agregué.

–¿Su padre? ¿Aquí? –preguntó el señor Waldo, que se había sentado otra vez y había vuelto a guardar el *podcaster* en su bolsillo.

–Sí.

–¿Y cómo se llama su padre?

–Rufino Hamil –dije.

–¡Rufino Hamil! –repitió el señor Waldo–. No puede ser. Pero, su apellido es Francis. ¿O eso tampoco es cierto?

–Francis es el apellido de mi madre. Mi padre nunca me reconoció –dije, y saqué de mi bolsillo la única foto que conservaba de nuestra familia.

En ella salgo con cinco años junto a mi joven madre. Mi padre, bastante canoso, parece mi abuelo.

–Crecí creyendo que era mi abuelo –les expliqué–. Él le llevaba treinta y cinco años a mi madre. Se conocieron en el Museo de Arqueología, donde él era director y ella secretaria.

–Parece él –dijo Toby, mientras el señor Waldo le mostraba la foto.

–Es él –dijo el señor Waldo–. Lo conocí muy bien. De modo que usted es de allá, de El Dorado.

–Así es.

El Dorado fue un polo importante de emigración de otros países de América Latina menos afortunados. Al menos, durante la segunda mitad del siglo xx.

–El gran Rufino Hamil –dijo con admiración.

Mi padre era el único hombre notable de aquel país. Tuvo allí sus primeros escarceos como geólogo amateur. En ese entonces, como ahora, en El Cráter no había escuela de Geología ni de ninguna otra carrera. Digamos que a mi padre le interesaban las piedras y las montañas. Y en una de sus exploraciones, llegó hasta la boca del monte Hamil, que aún no se llamaba así. Fue el primero en descubrir que ese monte escondía un volcán. Descubrimiento que fue corroborado por un grupo de volcanólogos extranjeros. Sobre si estaba extinto o no, los especialistas no se pronunciaron. O si se pronunciaron, nunca se supo. Fue mi padre quien con la misma seguridad con que había hecho el descubrimiento del volcán, explicó también que estaba extinto. De modo que gracias a él el ayuntamiento autorizó la construcción de casas y edificios en las faldas del Monte Hamil, rebautizado así en honor a su descubridor. Gracias a él, también, murieron más de treinta mil personas, producto de su imprevisión y chapucería. Pero nada de esto parecía importarle al señor Waldo ni a su hijo Toby.

–Pues, ¿a qué debo el honor de su visita, doctor Francis? Además de la curiosidad.

–Tropecé con tu padre en la plantación. Nos pusimos a conversar y terminó hablándome de ti. Soy médico y quise ayudar. Eso es todo. ¿Puedo ver las manchas?

Toby asintió y se arremangó las dos mangas de su franela con estampado de Wolverine.

A lo largo de los dos brazos delgados y pálidos, vi las marcas. Semejaban quemadas de cigarrillo que estuvieran en proceso de sanación. Algunas lucían más recientes que otras.

–¿Te salieron en la plantación? –le pregunté.

–Nunca he trabajado en las plantaciones. Yo tengo esto desde antes.

Al año de la erupción, comenzaron a florecer alrededor del Monte Hamil innumerables matas de plátano. Alguien de las islas Canarias tuvo el instinto de aprovechar el abono volcánico y echar unos primeros retoños que proliferaron con una frondosidad digna del Jardín del Edén. Al principio, se pensó que El Cráter se convertiría en un exportador de plátanos. Pronto comprobaron que los plátanos de El Cráter eran secos y amargos. A pesar de ello, no comían otra cosa el señor Waldo y su hijo, así como el resto de los craterenses que todavía medraban por allí.

Desde muy joven, Toby había sido un ermitaño y muy pocas veces salía de su cuarto. Eso explicaba la debilidad, la calvicie temprana y la palidez. Eso explicaba también que se hubiera salvado. Milagrosamente, el brazo de lava que debía arrasar el conjunto de edificios donde se encontraba, se desvió a última hora y los perdonó.

–¿Y qué haces aquí todo el día? –le pregunté.

Toby señaló una pila de cuadernos y dijo:

–Dibujar.

Desde que era adolescente, Toby se había dedicado a transformar los libros que leía en novelas gráficas. Más que un dibujante, se consideraba un traductor gráfico.

–Un traductor del futuro –agregó, sonriendo, dejando ver aquellos colmillos demasiado largos.

–Tenemos que hacerte un examen de sangre y chequear tus niveles de porfirinas –le dije–. Tengo que tomarte una muestra y enviarla a algún laboratorio en El Dorado, que es lo más práctico. Puedo ir y volver en una semana.

–¿Qué son las porfirinas? –quiso saber Toby.

–Ya te explico, pero primero dime: ¿el crecimiento del vello empezó cuándo? ¿Antes o después?

–Después –dijo Toby.

–¿Tú también crees que la erupción del volcán provoca este tipo de cosas, Toby?

Eran tantas las cosas que se habían dicho sobre El Cráter…

–¿La erupción? Yo hablo de mi accidente. Fue después de eso cuando me empezaron a crecer así los vellos.

–¿Cuál accidente? –le pregunté.

Toby bajó los brazos a las ruedas metálicas de una silla escondida que yo no había visto. Las impulsó un poco hacia atrás y pude ver los pantalones con las perneras enrolladas embutiendo los muñones de sus dos piernas amputadas.

2

Mis queridos castores, ¿aún no saben qué es la porfiria? Es un trastorno que se produce por el aumento de los niveles de porfirina en la sangre. Las porfirinas, digamos, son las que trabajan para la hemoglobina y son las encargadas de ayudar a fijar el hierro en la sangre para que el oxígeno llegue a los tejidos. Cuando se produce algún desorden químico en el cuerpo, por drogas o por mala alimentación o, incluso, por un breve periodo de insomnio, el nivel de porfirinas puede aumentar y afectar la salud.

Según el tratado *Mutatio Corporis*, de Gavin Francis (de quien debo confesar, mis queridos castores, tomé el nombre con el que me presenté al señor Tobías Waldo) «el aumento de porfirinas en los nervios y en el cerebro causa insensibilidad, parálisis, psicosis y convulsiones. Así como manchas en la piel por sensibilidad extrema al sol». Interesante, ¿no? Pero hay más. Agrega Francis que «otro efecto de la acumulación de porfirinas en la piel, todavía sin explicación, es el crecimiento de pelo en la frente y en las mejillas».

Los resultados del examen de sangre de Toby fueron concluyentes: sus niveles de porfirina estaban muy altos. La estrategia a seguir, sin embargo, era sencilla. Lo primero era suprimir un tratamiento para la gripe que estaba tomando, luego darle fluidos intravenosos que lo vigorizaran un poco y, por último, unas cuantas inyecciones de glucosa.

En tres días el cambio era evidente. Los vellos faciales comenzaron a replegarse y su rostro ganó un poco de color. Le pedí al señor Waldo que quitara la luna y mantuviera abiertas la ventana y la puerta de la habitación de su hijo. El color negro de las paredes atenuó el impacto de la luz del sol y, a pesar de una ligera irritación inicial, no reaparecieron las lesiones en la piel.

Toby seguía obsesionado con los lobos, pero al menos ya no se creía él mismo un hombre lobo. Se conformaba con pasar las horas en su silla de ruedas frente a la ventana. El señor Tobías Waldo pudo volver a la plantación. Cuando me vio acompañarlo, tomar un machete y ayudarlo en la recolecta, se animó a hablarme del accidente.

Aunque Toby no trabajaba en las plantaciones, a veces daba unos paseos nocturnos.

—Cuando había luna llena —precisó el señor Waldo—. Paseaba por las plantaciones y aullaba como un lobo.

El señor Waldo nunca lo vio, pero sí lo escuchó.

—¿Y cómo sabía que era él? —le pregunté.

—Porque uno conoce hasta los aullidos de sus hijos.

—Pero ¿ya desde antes del accidente se creía un hombre lobo?

—No, eso fue después.

—¿Y nunca le dijo por qué aullaba?

—Él se iba a la plantación a recitar poesía a la luz de la luna. Desde donde yo estaba lo único que escuchaba eran unos aullidos que helaban la sangre. Y él me decía que precisamente eso era la poesía.

El accidente ocurrió la noche de luna llena de agosto de ese mismo año. Un compañero del señor Waldo encontró a Toby. Estaba desmayado, con un machete hundido en cada pierna, desangrándose. Por fortuna, pudieron llevarlo hasta el hospital de la frontera sur, donde lo salvaron.

Toby no recordaba nada del ataque. Los médicos estimaban que debía de haber sucedido poco antes de que lo encontraran. Sí recordaba que había estado aullando a la luna unos versos de García Lorca, cuando de repente la mujer más hermosa que hubiera visto nunca apareció entre los árboles. Fue ver a la mujer y empezar a aullar con una fuerza interior descomunal. Sus músculos se desgarraron, crecieron y desgarraron a su vez sus ropas. Una superficie de pelos le erizó la espalda, convertida ahora en un espinazo soberbio. Sus dos puntiagudos colmillos se transformaron en dagas que le rompieron las encías con un dolor liberador. Después, lo único que recordaba era a él devorando el cuerpo de su amada, unidos ambos en un éxtasis de cartílagos y sangre.

–¿Y por qué cree que fue una alucinación? –le pregunté, mientras cargábamos unos racimos hacia el camión de nuestra cuadrilla.

El señor Waldo echó la carga de plátanos en la parte trasera del camión y respondió:

–La locura no es tanto el disparate del hombre lobo sino lo de la mujer. ¿No lo ha notado, acaso? –dijo e hizo un gesto con el que parecía querer abarcar el territorio de El Cráter.

–Con razón todo es tan raro aquí. Y tan triste –dije después.

Era cierto: desde que había pisado por primera vez ese extraño país hacía unas semanas, todavía no había visto allí ni una sola mujer.

–Este lugar está maldito –dijo el señor Waldo–. Todas las mujeres se fueron. Y lo más extraño es que la mayoría huyó en los días anteriores a la erupción del volcán. Abandonaron sus casas, sus maridos, sus hijos, sus animales. Dejaron todo y se marcharon.

A pesar del dolor físico, Toby veía la atrocidad que había sufrido como una confirmación de su naturaleza secreta. El encuentro con la mujer en la plantación le bastaba. Al menos, hasta la próxima luna llena. En ese momento, insistía Toby, recuperaría su verdadero cuerpo. Renacerían sus verdaderas extremidades, buscaría a la mujer y se perderían en el bosque.

—¿Y qué pasó? —quise saber.

—¿Con qué? —replicó el señor Waldo.

—Cuando vino la siguiente luna llena.

—Ah. Pues aún no ha llegado, me parece.

Después, el señor Tobías Waldo quiso saber cuáles eran mis planes y me dijo que por qué no me quedaba.

—¿En El Cráter? ¿A vivir? —dije incrédulo.

—Un tiempo, al menos.

¿Por qué no?, pensé. Cuando un hombre va en busca de su padre, de un padre que jamás ha tenido, es que está perdido y solo en el mundo.

Los días siguientes, trabajaba con el señor Waldo en la plantación y conversaba con Toby en las tardes. Toby tenía un conocimiento minucioso de la historia de los lobos. Se identificaba con esos animales por ser un marginado, por representar la suma de lo que más desprecian y temen los seres humanos. En una ocasión le pregunté por su madre, pero no quiso hablar. Pensé que iba a tener una recaída. Su fantasía de ser un hombre lobo era un mecanismo de defensa que le permitía sobrevivir a la atrocidad que algún psicópata había cometido con él. Y yo se lo había robado.

Decidí irme de viaje unos días y recorrer las otras regiones del país. Quería airear un poco las cosas. Sin quererlo, me había convertido en el líder de aquella manada, en la que participaban los tres inquilinos que aún quedaban en el edificio y que eran también los compañeros del señor Waldo en la plantación. No solo vigilaba la evolución de Toby, sino que arbitraba pequeñas disputas, como la que tuvo el señor Waldo con el señor Joaquín, que fue quien encontró a su hijo en la plantación y a quien le había empeñado su *podcaster*.

Lo que encontré en las otras regiones no fue muy distinto. Pequeños grupos de hombres explotando la inútil fertilidad de la tierra vulcanizada y tratando de llevar adelante sus vidas. Y en medio de aquellos desiertos aburridos siempre un oasis de horror. La historia de un hombre asesinado por otro a machetazos por una Coca-Cola que no debía haber destapado. Un muchacho violado por otro con un plátano verde que le destrozó el ano. Un padre que en un ataque de furia le había arrancado de un mordisco un dedo meñique a su hijo de diez años. Estas historias me las contaban ellos mismos cuando se reunían al final del día. Lo lamentaban, por supuesto, pero había un fondo neutro en sus expresiones que parecía insinuar que aquellos horrores eran parte de la vida. Me planteé la posibilidad de irme para siempre de El Cráter, sin despedirme, cuando comprendí que quien le había cortado las piernas a Toby a machetazos había sido el señor Joaquín.

Regresé de inmediato.

Fui a la plantación y le dije al señor Waldo que debía hablar con él antes de irme.

—¿Cuándo se va?

—Mañana mismo.

—¿Por qué tan pronto?

—Tengo que ocuparme de varios asuntos, pero necesito hablar con usted.

El señor Waldo insistió:

—Pero ¿tiene que ser tan pronto? ¿No puede quedarse unos días más?

—¿Qué sucede? ¿Toby está bien?

–Sí, está bien. El sábado es el cumpleaños de Toby y le estoy organizando una pequeña fiesta. Sería una pena que usted no estuviera, doctor Francis.

Estábamos a jueves.

–Está bien. Me quedo –le dije.

–¡Excelente! Debo empezar a buscar las cosas para la fiesta.

El señor Waldo se montó en su camioneta y sin darme tiempo a hablar con él, arrancó.

Fui a visitar a Toby. Apenas entré a su habitación, vi que las paredes estaban pintadas de blanco. Los afiches seguían allí, pero parecía otra persona. Y sentí que yo también tenía que despertar. ¿Cómo tenía la certeza de que el señor Joaquín era un monstruo?

La principal novedad era que Toby había empezado a escribir su propia novela gráfica.

–Una historia de amor. Entre lobos, por supuesto –dijo.

–Por supuesto –dije yo.

Diez minutos después, Toby me dijo debía seguir trabajando en su novela. Regresé a la plantación y anduve por los vericuetos de tierra apisonada, bajo la sombra de las hojas de plátano. A la vuelta de un recodo encontré al señor Joaquín.

–Doctor, ¿cómo le va? Supe que nos deja.

Se encontraba cortando gruesos racimos con un tajo limpio de machete. Traté de disimular mi impresión y me llegué a su lado.

–Así es. Me quedo para la fiesta de Toby el sábado y ya el domingo salgo.

–Claro, claro –dijo el señor Joaquín.

Para desviar la conversación, me puse a preguntarle sobre la cosecha. El señor Joaquín me explicó, por ejemplo, que cada árbol de plátano produce una sola vez sus racimos.

—Crecen de a dos las matas —dijo y tomó de nuevo el machete y señaló la base doble de los árboles—. Una vez que dan sus racimos, hay que cortarlos.

Pensé en Toby. Para borrarme esos pensamientos, le pregunté por la amargura de los plátanos de allí. El señor Joaquín lo atribuía a la maldición.

—Un país sin mujeres es un país amargo. Cuando vuelvan las mujeres, volverá el dulzor.

Sonreí aliviado.

—Muchas gracias por la conversa, señor Joaquín.

—Vaya con Dios, doctor. Nos vemos el sábado.

Le di la espalda y volví a escuchar el sonido de los tajos limpios con que el señor Joaquín cortaba los racimos de plátano.

Me fui directo adonde me estaba hospedando y dormí el resto de la jornada. Al día siguiente tampoco salí de mi cuarto. El señor Antonio, el dueño de aquella casa solariega que hacía de hostal, me tocó la puerta el sábado en la mañana.

—Buenos días, doctor. Solo para recordarle que esta noche es la fiesta del niño Tobías.

—Gracias, Antonio. ¿Usted va también?

—No me lo perdería por nada del mundo.

Y nosotros tampoco, ¿verdad, mis queridos castores? Vayamos a esa fiesta, de una vez, y contemos lo que allí sucedió.

Llegué al apartamento del señor Waldo a las nueve de la noche. Me presenté con dos botellas de vino que fueron celebradas por todos y bebidas en un santiamén.

Sonaba Frank Sinatra.

—Conseguí una botella de whisky, pero es para cuando lleguen los otros invitados —dijo el señor Waldo picándome un ojo.

No entendí a quiénes se refería.

—¿Dónde está Toby? —pregunté.

—En su cuarto.

Fui hasta allá y toqué la puerta.

—Adelante —dijo Toby.

La luz estaba apagada y el póster de la luna de nuevo tapaba la ventana. Me temí lo peor. Toby encendió la lámpara, sentí el frío y comprendí todo. La ventana estaba abierta y lo que refulgía al fondo era la luna llena. La luna de verdad. ¿Cómo no la vi mientras caminaba hacia el apartamento? Toby tenía puesto un *smoking* con su pajarita negra incluida. Estaba frente a un ordenador. Al momento de yo entrar, apretó una tecla y empezó a sonar *Fly me to the Moon*. Las cornetas estaban en la sala, pero Toby controlaba la música desde su guarida. Se le veía exultante.

—Feliz cumpleaños —le dije y le entregué su regalo.

Toby lo observó extasiado.

—¡*Herzeleid*! —dijo.

Volteó el álbum y agregó:

—¿Primera edición?

—Alemana. Ábrelo.

Toby abrió la pequeña caja del CD y se quedó boquiabierto.

—¿Firmado?

—Ajá —asentí orgulloso—. Yo estaba en Berlín cuando salió. Los vi por casualidad en una discotienda y me lo firmaron. Ahora es tuyo.

Noté de repente un gesto de tristeza.

—¿No te gusta? —pregunté.

–¿Que si no me gusta? ¿Sabes cómo comenzó mi fascinación por los hombres lobo? Cuando vi el videoclip de *Du riechst so gut*. Y ahora tú me entregas esta joya justo hoy cuando ya no puedo conservarla.

–¿Por qué no?

Toby extendió el brazo hacia la ventana. Vi la luna. Ahora parecía más alta, más plena.

–Hoy es mi noche. Ella me citó hoy.

Toby tenía una mirada de loco.

–Puedes escucharlo una última vez –dije y me retiré de su habitación, cerrando la puerta.

Afuera me encontré con un escándalo. Alguien había abierto la botella de whisky.

–¡Había que esperar a los invitados! –gritaba el señor Waldo.

El señor Joaquín y el señor Antonio tenían sendos vasos de whisky en sus manos y trataban de calmarlo. Al final, el señor Joaquín sirvió tragos a todos y la situación se calmó. ¿Debía yo transmitirle mis sospechas al señor Waldo? ¿De qué serviría? Miré un rato más al señor Joaquín y por más tramposo y malicioso que fuera, eso no lo convertía en un monstruo.

Seguimos bebiendo y riéndonos hasta que un par de horas después sonó el timbre y se hizo un silencio apenas interrumpido por el jazz que Toby había seleccionado.

–¡Llegaron! –dijo el señor Waldo.

Todos se pusieron de pie y se acercaron a la puerta, nerviosos.

Cuando el señor Waldo abrió la puerta, un murmullo de admiración circuló por la sala. La música se cortó. Imaginé a Toby en su cuarto, expectante. Me asomé por encima de los otros y entonces la vi: una mujer.

Dio unos pasos y el sonido de los tacones resonó con la prestancia de un ser sobrenatural. La mujer no era particularmente hermosa. Pero en ese segundo y en ese lugar, era la última mujer sobre el planeta.

Después se escucharon otros pasos. Los de un hombre con cara de matón y botas de vaquero. El hombre vestía una chaqueta de cuero, bajo la cual se podía ver una pistola.

—¿Señor Waldo? –dijo el hombre, señalándolo.

—Adelante. Bienvenidos.

Así que, ¿de esto se trataba todo? ¿Traerle una prostituta a Toby para desvirgarlo?

Cuando al fin pude hablar aparte con el señor Waldo, lo negó.

—No, no, para nada. Es decir, la contratamos desde la frontera. Un poco de compañía femenina siempre alegra la noche. Y más en El Cráter. Es solo para conversar. Quizás bailar un rato. Claro, su acompañante me dijo que al final todo depende de lo que ella decida. ¿Me entiende?

La mujer se hacía llamar Casandra y decidió que solo quería hablar conmigo.

—Así que tú eres el extranjero –me dijo, seductora.

De inmediato, sentí las miradas de odio. Con cualquier excusa, buscaba cambiarme de sitio, pero Casandra volvía a sentarse a mi lado. La música había comenzado a sonar otra vez. Se escuchaba un reguetón. ¿Era Toby quien ponía esta música?

Como represalia, me cortaron el whisky. El señor Joaquín se acercó con una botella de líquido ambarino y me sirvió un chorro en una taza de peltre.

—¿Qué es esto? –pregunté.

—Licor de plátano. No puedes marcharte de El Cráter sin haberlo probado.

Y fue en ese instante, queridos castores, cuando todo se fue a la mierda. Casandra también quiso probar. Y todos empezaron a beber licor de plátano.

Yo sentía que el odio a mi alrededor crecía a la misma velocidad que se me subía el alcohol a la cabeza. Recuerdo que empecé a gritar:

—¡Soy el hijo de Rufino Hamil ¡Soy el puto nieto del puto volcán!

Vomité en plena sala, salpicando a Casandra y a mis compañeros. Casandra reía, creo. Sentí que unos brazos me arrastraban hasta un cuarto y me echaban sobre una cama.

Después, un *blackout*.

Después, tres horas después, unos gritos. Los gritos más espantosos que haya escuchado en mi vida.

Me desperté como pude y me palpé las piernas. En esos segundos interminables creí que era yo quien gritaba. Un velo de nácar iluminaba la habitación de Toby. Me habían echado en su catre. Me asomé a la ventana y la luna estaba en el punto más alto. Me levanté y aferrándome a las paredes, mareado, salí de la habitación. Entonces terminaron de despertar mis oídos. Sonaba Rammstein. A todo volumen. Y volví a escuchar los gritos. Era Casandra.

En la sala vi botellas rotas, sillas caídas, un cenicero volcado sobre la alfombra. Fui hasta la cocina y encontré al señor Joaquín. Tenía la camisa bañada en sangre y un machete en la mano. A sus pies, el cuerpo del matón. Y a un lado su cabeza, separada con un corte perfecto.

El señor Joaquín se giró hacia mí. Tenía puestos unos audífonos, conectados a un aparato que se perdía en el bolsillo de su pantalón. Al verme, se quitó uno de los audífonos y comentó:

—Qué música tan horrenda escucha Toby.

Se volvió a poner el audífono y empezó a limpiar el machete con un paño de cocina.

Retrocedí como pude y traté de orientarme en medio del ruido atronador de la música. Del susto, se me había cortado la borrachera y ahora solo quería saber dónde estaba Toby.

Los gritos de Casandra me fueron guiando. Supongo que esa era la habitación del señor Waldo. No lo sé. Aquí un resumen de lo que vi, o de lo que recuerdo que vi, porque ya es hora de terminar con esto, mis valientes castores:

Vi mucha sangre. Vi al señor Waldo y a Antonio, semidesnudos, sujetando a Casandra por las extremidades. Vi a Toby, desnudo también, sentado como un maniquí partido por la mitad sobre el vientre de la mujer. Vi el enorme miembro de Toby. Erecto, largo y nudoso como la raíz de un tubérculo que al fin ve la luz. Lo vi inclinarse sobre ella y olerla como un animal y murmurar, «Hueles tan bien», «Hueles tan bien». Lo vi lanzarse sobre uno de sus pechos y morderla. Y hui. Me fui de allí sin hacer nada por salvar a aquella pobre mujer. Corrí como un cobarde hasta la plantación, monté en el camión y manejé hasta llegar a la frontera. Y eso es todo lo que puedo contarles de mi visita a ese lugar del infierno llamado El Cráter.

Stop

–¡Baja esa maldita música! –gritó el señor Waldo, mientras daba tres puñetazos a la puerta.

Du riechst so gut.

Maldita obra maestra, pensó Toby mientras le bajaba el volumen al video que corría en YouTube. Subió el archivo del nuevo episodio de «Lobos y Castores», su cada vez más famoso pódcast, y le dio a «publicar». Echó la silla de ruedas hacia atrás, giró a la derecha y se colocó ante la ventana. Había luna llena. Agarró su móvil, entró en Instagram y vio una vez más las fotos de Casandra con su nuevo novio. Un médico. Puso el teléfono a un lado, encendió un cigarrillo y soltó una bocanada.

Detalló sus brazos, delgados y pálidos. Las quemadas formaban un sendero pardusco que empezaba en las muñecas y subía hasta los codos. Acercó el cigarrillo y, un poco más arriba de la última herida, lo hundió sobre su piel.

Vistas bajo la luz de la luna, parecían las huellas que deja un lobo solitario sobre la nieve.

REFERENCIAS

«Una vida distinta» fue incluido en la antología *¿Y si…? Relatos de cine*, editada por Miguel Ángel Oeste para la XIV Semana de Cine de Melilla, publicada por Pálido Fuego en 2022.

«Virgen de la impureza» fue incluido en la antología *Doce relatos (,) maestros*, publicada por La Navaja Suiza Editores en 2018.

«Homenaje a John Cazale» fue publicado en el número 171 de la revista *El Malpensante*, en 2016. Su anécdota está inspirada en una leyenda urbana que se volvió viral y ha sido adaptada en distintas ocasiones y formatos. La mía es una versión más.

«La hora de tu símbolo» fue incluido en la antología *Cuentos en serie*, editada por Miguel Ángel Oeste para la XV Semana de Cine de Melilla, publicada por Zut Ediciones en 2023.

«Tacones (lejanos)» fue publicado por Altaïr Magazine en 2016.

«La vejez» fue publicado la revista *Iowa Literaria* en 2013.

«El extranjero» fue incluido en la antología *Para quedarme aquí. Relatos sobre la inmigración en España*, publicado por la editorial Graviola en 2024.

«Castel» fue publicado en el blog *Cuatro cuentos* en 2012.

«Lobos y castores» fue publicado como pódcast en la serie «Historias de fiestas y psicópatas» de Storytel en 2020.

Los cuentos «Café Rostand», «Leer y escribir», «La simetría escalena de los suicidios» y «Carmen y error» se publican por primera vez.

Esta primera edición de
Venecos
de Rodrigo Blanco Calderón
se terminó de imprimir
el 1 de febrero de 2025